我在世界中心說愛你

WE HAVE ALL THE LOVE IN THE WORLD

小說·文學·劇本

水本純

A JOCKEY CHAN work

僅以本書提向聯合國 80 週年致敬

A TRIBUTE TO THE 80TH ANNIVERSARY OF THE UNITED NATIONS

自序

你可以說二〇二五年是平凡的一年。

你也可以說二〇二五年是不平凡的一年，如果你明白到，這是聯合國成立八十週年的大日子。

聯合國是一個大家熟悉的名詞。

聯合國除了維護世界和平之外，還肩負很多重任，包括為國際難民提供及爭取人道的安排、為貧困地區的兒童提供溫飽及學習機會、為全球氣候提供適切的維護方案、為國際文化遺產作出保育的協調等。

若以家庭觀念來說，如果沒有聯合國，地球上各國只是一個各自為政的大家庭，缺乏凝聚力、遠景和使命感。

本書是一本向聯合國成立八十週年致敬的誠摯讀物。

雖然這書分別由四個獨立的故事組成，但故事都是宣揚「信望愛」的偉大精神。「信」是指正能量的信念、「望」是指平凡或崇高的願景、「愛」是指人世間各式各樣的摯誠或愛意。

四個短篇故事也宣揚民族之間的共融，反歧視及反戰爭的和諧初心。

故事角色都疑似借用了國際經典歌影視巨星描述感情，使讀者有更立體的閱讀感受及代入的樂趣。

本書既有娛樂性，亦有澎湃熾熱的正能量，希望你在閱讀之時或之後，知道自己是地球上一員而感到幸福，或淌下幾滴感恩的熱淚。最後，請諸位摘下帽子及站起來，向聯合國敬禮十秒鐘。

水本純

hkicls@yahoo.com.hk

二〇二四年夏 寫於香港

目錄

附錄

本書主題曲

We have all the love in the world

You smile like an angel
You cry like a bubble
Years go by and you grow old
In your dictionary and memory
There and here and everywhere
Always have love flow and flow

Once upon a time
There was love
And in the meantime
There is love
Love is free and priceless
Love is a gift and timeless

Love love love

Love love love

We have love

We have all the love in the world

Only love

It's enough

To love and be love

It's enough

Music: This text has yet to be composed

Text: Jockey Chan

第一章

也許　也許　也許

本章主題曲
《也許　也許　也許》

也許愛是甜美
令人畢生回味
縱然分隔兩地
亦能成為一世知己

也許　也許　復也許
累了也不言退
也許　也許　復也許
才是最後伴侶

也許愛是眼淚
令你我她心碎
留下情話千百句
似是酒不濃時人自醉

也許愛是負累
但怎說也不是罪
或者要走遍千山萬里
兩個相愛的才能共對

詞：胡人
曲：待譜

01

似火佳人

在美國東岸第二大城費城的紫溪鎮，五月份平均氣溫只是攝氏十五度，是全年中最好天氣的一個月。相比費城其他城鎮，紫溪鎮不染煩囂，這裏的人們都是過著樸實無華的生活。

在這裏，打工一族的每週上班四天半，週日上禮拜堂，生活算是輕鬆愜意，不像大都會的匆忙步伐及永遠都像有做不完的任務；而且，也十分注重天倫之樂。

廿九歲的基斯穿著一套帥氣的灰色西裝，推門而入這間「咬一口」(Take a Bite) 漢堡包店，他給等候買包的人潮嚇了一跳。

「今天是甚麼大日子，還未到中午十二點，已經有四、五個人在排隊，自己是不是走錯了地方。」基斯在腦海中浮現自己慨嘆不已，然後走到人潮裏排隊。

一位看上去倒像是八十歲的黑人老翁，手持拐杖跟在他後面，他回頭仔細打量老翁，見他渾身發抖，好像站得很吃力。

「爺爺，你可以嗎？」一米九高的他，注視並關懷地問。
「先生我還……，我還可以！」老翁吃力地回答。

此一問一答，在前面的幾位顧客都注意得到。基斯順勢禮貌地向他們建議道：「幾位朋友，爺爺站不穩了，可否讓他排到最前？」
真是感動人心，前面的幾位都齊心合力扶老翁排到最前，充分發揮敬老及人類互助互愛的精神。基斯便連忙向他們致謝，眾人都表示萬分樂意支持，並給他一個讚。

在不遠處，一位穿著粉紅色連身裙的女士也豎起大拇指給他一個讚，基斯注意到她，便摘下帽子向她點了點頭。
「咬一口」是一間站立用餐漢堡包店，換句話說，客人們都是站著吃的。

基斯手捧盛著漢堡包及可樂的盤子找位置，剛巧給他讚的女士只有她一人，基斯便移步走近。

「可否站在你對面？」基斯禮貌周周地問。
「有何不可！」那位女士落落大方地回應：「大好人總得有一塊容身之地。」

基斯隨即致謝站在她對面，開始用餐。

他開始注視這位女士不過是廿來歲，有著討人喜愛的瓜子臉蛋，眼底藏著滿滿的自信心，而且舉止優雅大方。在淡淡的妝容中展現著大美人的風範，惹人喜愛。

「我是桃麗斯！」美人兒自我溫婉地介紹。

「基斯，是這個鎮上唯一的律師！」基斯也禮貌地回應，然後再詢問：「我猜你不是住這個鎮的！」

桃麗斯展現天真瀾漫的笑容説：「猜對了，我是來自西岸的，你這個律師當得很稱職，十分之有正義感，大義凜然，在當今世道真是鳳毛麟角！」

「你是在誇我還是批評我，我開始弄得不清楚了，小姐的辭鋒真是厲害，你令我感到站到法庭上去了！」

「真是犯了職業病，你明明在咬漢堡包啜可樂，就好好享受你的午餐！」桃麗斯認真地説，還佻皮做了一個鬼臉。

「説得也對，在法庭上，肯定會找不到這樣漂亮的對手。」基斯幽默地説。

「我聽得出你的話裏有骨頭！」她單單打打地説。

基斯認真澄清地説：「不是，不是，我修正一下，你長得漂亮！」

桃麗斯莞爾一笑，嫣然地説：「如果這是真話，待會打賞你十元！」

「當然是真話，是發自內心的，但不用打賞了，此刻原諒我失陪，為了趕時間，我先走了！」基斯再啜了一口可樂，便慌忙地告辭，奪門而去。

桃麗斯留意到基斯的錢包，竟遺留在食物盤上。

「喂，先生……？」她拿起錢包想追出去，但人已不知所終了，她只得搖頭嘆息。

X X X X X

下午四時左右，基斯開著他的白色開篷豐田轎車回到紫溪鎮中心，他律師事務所的所在地。

他泊好車吹著口哨，輕鬆地朝著事務所的方向移步。快要到時，才發現桃麗斯蹲坐在事務所門前的木台階上，雙手交叉承托著頭睡著了。

他欲用手輕拍她，把她喚醒，但男女授受不親，所以他的手掌止住在半空，然後，改為用手指背敲兩下木台階。「確確」聲兩下，桃麗斯惺忪地張開雙眼，神情活像一個初生嬰孩初到人間。

「現在甚麼時候了？」桃麗斯有氣沒力柔弱地問。

基斯看看腕錶瀟灑地說：「美人兒，快到四點半了！」

「這才回來？」

「我們有預約嗎？」

「沒有預約才慘呢！」桃麗斯吃力地站起來，從包裏取出撿到的錢包，率真地說：「你的錢包，還給你！」

X　X　X　X　X

基斯的寫字樓十分寬敞及井然，桃麗斯端正地坐在他辦公枱對面，雙手捧著一杯白開水倏地喝了一大口，由於喝得過急，還「咳咳」地咳嗽了兩聲。

「喝慢點，喝慢點！」基斯關心地説，但又差點忍俊不禁地想笑了出來。

「再來一杯！」

基斯接過水杯，到蒸餾水機前取水，邊取邊説：「真巧，剛巧我的秘書布朗太太今天休息，讓你久等，真抱歉，你的水。」

桃麗斯接過水杯，又猝然地喝了一口，又咳嗽了兩聲。

基斯打趣地説：「老實説，我第一次看見人這樣口渴。」

「老實説，我也第一次無無聊聊地等人，還足足等了四個小時！我活到這麼久，從來沒有等過別人，只有別人在等我！」桃麗斯語氣略帶不滿。

大家稍頓了三秒。

「桃麗斯，本人衷心向你道歉，也為你把錢包送回來致謝！」基斯誠意十足地道歉。

「哈，跟你開玩笑！你説的肺腑之言，我全收下了，但死罪可免，活罪難饒！你要請客！」桃麗斯差點笑破肚皮。

基斯「唔」了一聲清清喉嚨，然後鄭重地説：「感謝你接受我的道歉，第幾天了？」

「甚麼第幾天了？」

「我想知道，你來了這個鎮第幾天啊！」

「才第二天！」

「來旅遊嗎？」

「探望我的姑母，她今年踏入六十歲兩耳順了！」

「這樣吧！你吃過這裏著名的食品芝士牛扒堡（Cheese-steak）沒有？」

「沒有又怎樣？」

「如果待會有空，我請你去吃這個美食吧！」

桃麗斯禁不住提高聲線説：「你，你這個人真是妙想天開！」

「你的意思是……？」

「害我等了四個小時，還膽敢約會我，是甚麼邏輯？」

「我的意思是……？」基斯一時間也思考不來，開始呆著了。

桃麗斯的性格開朗大方，但也十分調皮，這一刻，她覺得對面這個男士十分敦厚，所以內心也有戲弄他的想法。

X X X X X

河畔的 Heaven Kitchen，是一間頗有意大利風情的中級餐廳，晚上七時許，夜色縹緲，響起一隊意式四人樂隊的歌樂，配上微風輕送，已讓人迷醉其中。

此刻，尚不至座無虛設，但滿月從山丘探頭出來，加上繁星爭閃，好不浪漫。

桃麗斯及基斯在靠河邊的卡座上面對面坐，各人手持一杯啤酒、一個芝士牛扒堡，笑著吃著享受這個浪漫夏夜。

「唔，味道不錯，十分多汁。芝士及牛肉味配合得很好，加上蘑菇片及辣椒碎，真是天衣無縫！」桃麗斯邊品嚐邊讚不絕口，還豎起大拇指。

「第一次品嚐嗎？」
「是，我再上一次來才十二歲，大多數都是姑母到西岸探望我們，我跟她雖然每年只見一、兩次面，但感情很融洽！」桃麗斯滿懷幸福地說，啜了一口啤酒，抬起頭看夜空。
「今晚算是天朗氣清，惠風和暢，星月都出來散心了！」基斯也啜一口啤酒欣賞夜色說:「其實，浪漫也相當便宜。」
「只欠一個情人，基斯，做我的情人幾分鐘可以嗎？」桃麗斯忽發奇想。
「我做得來嗎？」基斯莫名奇妙。

桃麗斯曼妙地走過來將頭靠在基斯的肩上，樣子很迷醉，基斯用眼神暗示她可以挨得更近，兩個人便緊緊地身貼身，像對深墮愛河的小情侶。
「為了要報答我當你幾分鐘的情人，明天你也要幫我一個忙！」基斯輕聲細語地說。

「甚麼事情也可以！」桃麗斯已陶醉到忘了自己是誰了。

悠揚的樂韻在夜空中飄盪著，此刻，不知道誰佔了誰的便宜，也不知道誰喝了誰的啤酒了。

X　X　X　X　X

上午九時，基斯把車開到一間白色房子的籬笆外停下，他下了車，看見一個中年婦人在籬笆內為花花草草澆水。

婦人注意到他的到來，並跟他打招呼：「早上好，先生！」

基斯也摘下帽子即時回應：「早上好！」

婦人熱誠地說：「你應該是基斯吧！進來吧，籬笆沒有上鎖。」

基斯輕力地推門而入，一陣花草香氣衝進他的鼻孔，頓時混身鬆弛起來。他看到中年婦人面上沒甚麼皺紋，但樣子卻顯露慈祥優雅。

「閣下應該是姑母吧？」基斯滿有信心地猜。

「沒錯，我是桃麗斯的姑母，基斯，歡迎你到來，你個子很高呢！」姑母仰看基斯，帶些傾慕的語氣。

「啊！我年輕時愛打籃球，把身體拉長了，『76人』是我的愛隊！」

「『76人』也是我的愛隊！」

「桃麗斯呢？」

「準備了一個早上，應該快出來了吧！她不懂禮貌，又刁蠻任性，你要好好包容她，忍耐她，愛護她！」

基斯點點頭禮貌地說：「桃麗斯很漂亮優秀，只是有點孩子氣，我們昨天才認識！」
姑母驚訝地說：「才認識一天？但她對你印象深刻！把你描述成一個王子一樣。再仔細看，我也十分喜歡你！」
「姑母過獎了，我也很高興認識你！」基斯真摯開朗地說。
「你們在説我壞話，每句我都聽得一清二楚！」桃麗斯邊步行出來邊咆哮。
「唷！我的公主出來了！」姑母上前抱著桃麗斯，兩人喜悅地扭作一團。

基斯留意到桃麗斯今天全身都是牛仔服打扮，配上一條淺藍色絲巾，淡妝下帶點豪放的氣派，而且顯得活力十足。
「早上好，公主殿下，可以起行了嗎？」基斯幽默地向桃麗斯說。
桃麗斯走過來在基斯的臉頰輕吻一下，然後大方熱情地翹著他的右手說：「可以走了，姑母再見！」
姑母欣喜地說：「兩位再見！」

X　X　X　X　X

基斯開車載著桃麗斯，在山丘上的馬路上不疾不徐地飛馳著。好一個風和日麗的早上，坐在開篷車上奔馳確是一件樂事。

桃麗斯用粉藍色的絲巾裹著頭顱，絲巾在半空中飄逸，她恍似一個仙子下凡。基斯嗅到桃麗斯身上的淡淡玫瑰香氣，感到十分心曠神怡。

「我們現在去的是和平護幼之家（Peace Home For Children）。」基斯邊開車邊介紹著。

「它跟你有甚麼關係？」

「我是護幼院的法律顧問，也是董事局成員之一！」

「嗯！嗯！」

「大約廿年前，由美國政府及聯合國兒童基金會合資建成，除了收養了二百名孤兒之外，它也是全球護幼院的示範單位，成立了之後，都成了各地新建護幼院的典範。每年都有數百名護幼院工作者前來取經，回國後參照這裏的模式及精神，去經營各地的護幼院！」

「為甚麼建在美國？」

「美國是一個自由及愛好和平的國家！」

「為甚麼選在費城？」

「費城的地價相當便宜，但交通十分發達方便，譬方說，從這裏開車，用不上三個小時便可以去到位於紐約的聯合國總部。」

「我想，最後一個理由至為重要！」

「應該是，本星期六便是護幼院的廿週年大日子，有一個農莊主人，每年都捐出善款給護幼院舉辦週年活動。護幼院方面，也慣常為農莊製作一批曲奇餅回禮，算是一種感謝方式！」

「很有意義，我穿成這樣合適嗎？」

「沒所謂，有心意就可以了！」

「嗯！嗯！很期待呢！」

X X X X X

基斯將車駛入米黃色外牆的護幼院，已經有兩位女工作人員，各人手持兩大袋曲奇餅在等待。

他停下車，向桃麗斯隨和地說：「桃麗斯，你不用下車了，只是幾秒鐘的工夫！」

桃麗斯在車座上微笑點頭。

基斯禮貌地向工作人員說：「早上好，那麼多，辛苦兩位了。」

「不辛苦，就放到車後邊！」其中一位工作人員邊說邊將曲奇放到車後座。

另一位則擺放時客套有禮地說：「李律師，又要你到山腰走一趟！」

兩位工作人員跟桃麗斯微微點頭，然後告辭。

此時突然走出四、五個十歲左右的兒童，他們向基斯一湧而上，並大叫「基斯爸爸」，聲音此起彼落，好不熱鬧。

基斯鄭重地對孩子們說：「我的孩子們，安靜一下好嗎？別人在上課呢！」
桃麗斯悄悄地下車說：「請不要對孩子們呼呼喝喝！」
基斯無言以對。

桃麗斯繼續哄孩子說：「你們都是又乖又可愛的小朋友，不是嗎？」
其中一個小黑子說：「這位小姐，我喜歡你的坦率！」
桃麗斯更喜上眉梢說：「我是桃麗斯媽媽，你們都很聰明！」

一個小胖子不知從哪裏弄來一朵白玫瑰，並且將之送給桃麗斯，邊送邊熱情地說：「唷，桃麗斯媽媽真的漂亮到快要爆燈了，我可以吻你嗎？」

桃麗斯彎下腰來讓小胖子輕吻一下臉頰，小胖子開心滿意地笑著。

基斯見狀，立刻把孩子們拖到轉角處，並低聲嚴厲地對他們說：「你們長大了，曉得鬧事了，不乖了，基斯爸爸對你們有點失望。」
小黑子反而理直氣壯地低聲反駁道：「是我們對你有點失望才對！」
基斯莫名其妙說：「我怎樣令你們失望？」

小胖子又低聲滔滔不絕地說：「不明白你是怎麼搞的，之前的 Selina 媽媽走了，後來的 Debbie 媽媽又不歡而散。這個桃麗斯媽媽多好，又漂亮又熱情又有愛心，你會不會又令她跑掉了？」

桃麗斯在轉角後全聽到了，不禁「哈」一聲笑了出來。
基斯好像無力反駁，桃麗斯過來為他打圓場，她指著自己的腕錶說：「李律師，是時候趕路了，我親愛的孩子們，你們回去吧！要安靜點！」

孩子們都開心地跟桃麗斯道別，基斯則呆立在原地。

桃麗斯看了他兩眼，他有氣無力地說：「啊！我們出發吧！」

02

我喜歡你

基斯開車駛到山腰處，一路上兩人都默不作聲，情況有些許異樣。

基斯突然按了兩下車響鞍。
桃麗斯露出詫異的表情。
基斯解釋地說：「快到了，是提示 Ray 叔叔們開大閘！」
桃麗斯回報以微笑。

再多轉一個大圈，車子便駛進 The Ray Farm 的大閘，一個約七十歲的長鬍子的男人迎上來。

基斯下車，拐過車前再跟桃麗斯開車門，她牽著他伸過來的手下車。

她禮貌地致謝。
基斯上前跟 Ray 叔叔熱情地擁抱。
基斯欣喜地說：「老爺子，別來無恙！」

Ray 叔叔笑著地說：「彼此彼此。」

基斯突然記起：「噢，這位小姐是桃麗斯，他是鼎鼎大名的 Ray 叔叔！」

桃麗斯大方地跟 Ray 叔叔握手問好。

Ray 叔叔邊引路邊說：「基斯真是有本事，而且很有眼光！」

基斯反問道：「老爺子此話何解？」

Ray 叔叔春風滿臉說：「桃麗斯真漂亮，她不是你的女朋友嗎？」

基斯正猶豫，桃麗斯搶著清脆地說：「是。」

基斯一下子語塞了。

他們進入一個約二千平方呎的辦公室。

Ray 叔叔說：「剛巧我要打幾個重要電話，別跟我見外，就當是自己的家，代我帶你女朋友到農莊四處參觀。」

基斯恭敬地說：「好的，好的！」

Ray 叔叔忽然記起說：「啊！對了，預了你們兩位在這裏午膳，是家常菜！」

桃麗斯搶著欣喜地說：「真是卻之不恭！」

基斯只得強笑。

X X X X X

基斯推開農莊寫字樓的側門，伸手扶桃麗斯一把，現在呈現兩人眼下，是 Ray 叔叔這個一望無際的農莊。

三個黑人工人忙裏偷閒，彈奏起結他，齊心悠和悅耳的唱起富中美洲風味的 Banana Boat Song，令人聯想起辛勤的人樂於努力工作的熱情。
基斯跟工人們打了招呼，他紳士地拖著桃麗斯的纖纖玉手，沿著石級踏步而下，走了約十秒鐘，坐在給遊人休息的長椅上。

兩人眺望綠油油的農莊，幽幽的花木香氣隨風飄來，又沐浴在溫和的陽光下，真是現代都市人難得一遇的閒逸。
「這裏真舒服！」桃麗斯閉上雙目沉醉在這刻難得的愜意。

基斯滔滔地介紹說：「這個農莊比十個足球場還要大，是少有的有機農莊，種滿了四時的果菜。現在是蘋果花的盛開季節，六月花落結果，在美國獨立日（七月四日）左右上市。這裏有六十多個工作人員，黑人佔了一半，Ray 叔叔對工人很關切愛護，所以甚少流失人手。」
「真是美人美事美地方！」桃麗斯衷心地嘉許。
「這是不容爭辯的！」
「基斯，可以問你一個問題嗎？」桃麗斯突然認真地問。

基斯疑惑地望她一眼，然後又大方地說：「只要不是客戶的私隱，甚麼事情都可以問！」
「一加一等於多少？」

基斯想了想便笑著說：「你神情那麼認真，只是問一個簡單數學題，哈哈，我快要笑死了！」

「你終於笑了，我想見到你笑！」桃麗斯清心直說。

「對，會笑的人最可愛，剛才在護幼院給孩子的話刺到痛處，很痛很痛，現在一切都被風吹走了！」基斯由沉鬱又開始變得開朗起來。

「這樣才對！」桃麗斯微笑說。

這一刻，桃麗斯想起 Selina 及 Debbie 兩個名字，為甚麼她們是基斯的痛處，之前到底發生過甚麼事？她欲開口問，但理智最後終於制止了自己的衝動。

X　X　X　X　X

基斯帶桃麗斯看蘋果花林，兩人笑容滿面，桃麗斯開心到唱起歌來。

X　X　X　X　X

兩人穿進杏樹林，兩人幸福地手牽手，桃麗斯開心至亂跳最受歡迎的「恰恰舞」。

X　X　X　X　X

來到了草莓溫室，這裏有兩個籃球場那般大，培植著頂級紅草莓，現在正值收成期。

「可以摘草莓吃嗎？」桃麗斯滿心期待地問。
「三兩隻是可以的，都是有機的，摘下來可以立刻放到嘴裏品嚐。」
「我挑一隻最大的！」桃麗斯閃爍的眼睛認真地搜索，結果摘了最紅的一顆，半放到嘴裏，然後把嘴伸到基斯的嘴前說：「很甜很甜，你也咬半口！」

基斯呆住了，他作了一個手勢，確認一下是否要跟她嘴對嘴分享，手勢還未做完，桃麗斯的嘴已含著草莓塞到他的嘴裏。

在迅雷不及掩耳的情況下，但他仍蜻蜓點水地輕咬了一小角，他想，畢竟不忍心拒絕。

他輕輕嘴嚼那小角草莓，大方地說：「的確很甜！」
桃麗斯也嘴嚼完，又認真地說：「你的確很有風度，換著是急色的男人，一定會趁此大好機會跟我長吻。基斯，我十分喜歡你！」
基斯也禮貌地說：「桃麗斯，我也喜歡你！」

桃麗斯又熱情的牽著基斯的手，雙雙往溫室出口走去。

基斯細看桃麗斯，真是一個天真的大美人，自己是在福中嗎？他又不敢多想。畢竟，他跟眼前人認識還未夠廿四小時，的確，就只是大半天的光景。

X　X　X　X　X

在農莊的宴客廳，Ray 叔叔跟他老伴珍妮花正款待基斯及桃麗斯午膳。珍妮花是黑人，雖然已六十歲了，但是皺紋不多，而且輪廓鮮明，也很好客。

珍妮花慈祥地道：「今天我們有河蝦沙律，茄醬意粉，啊，還有牛仔柳，希望迎合你們的口胃。」

桃麗斯禮貌地回道：「承蒙殷勤款待，這些菜都是我的心頭好！」

Ray 叔叔為基斯添紅酒時說：「只喝小半杯，畢竟待回你要開車！」

基斯點頭致謝。

Ray 叔叔問桃麗斯道：「你也大學畢業了？」

桃麗斯恭敬地說：「對，我是唸工商管理的，剛剛離開校院，要更加努力加油了！」

珍妮花心裏猜度說：「聽你的口音，你好像是來自西岸的！」

「是，是西雅圖！」桃麗斯誠懇地說：「父親去年過身，這趟回去，我便要打理他留下來的幾家餐館！」

Ray 叔叔隨口問：「餐館叫甚麼名字？」

桃麗斯清晰地說：「The Big Lobster！」

珍妮花驚訝地說：「噢，是世界著名的高級餐館。」

Ray 叔叔拍拍基斯肩膊說：「原來你的女朋友大有來頭！」

基斯含蓄地說：「這些事情，我也是此刻才知道！」

珍妮花珍而重之地說：「小小年紀便要接管這麼大的生意，太殘忍了！」

桃麗斯苦著臉說：「說真的，壓力的確很大，Ray 叔叔，你可否給我一些指點？」

「啊！這個嘛！你當生意就是迪士尼好了，用玩著的心情去幹大事，離不開八個字——以誠待人！以客為先！」

基斯豎起大拇指說：「果然是高手！」

「對，一句說話說透了一場硬仗，我會以這個心情去處理生意，謝謝叔叔嬸嬸！」

X　X　X　X　X

基斯坐在他的辦公室，布朗太太坐在他對面，將他的指令筆錄起來。

基斯微笑地說：「就是以上幾個重點，都明白了嗎？」

布朗太太也微笑說：「都明白了，你說得很清楚！」

基斯突然想起說：「噢！差點忘掉最重要的一件事！」

「請說吧！」

「發一個電郵給查萊士先生，內容要點是，關於史提芬京先生誹謗他們企業的事，現在京先生願意庭外和解，他會在《紐約時報》登一段道歉啟事，以收回他冒犯貴企業的言論。另外，京先生會以你們兩人共同名義，捐贈十萬元予護幼院，以表他的誠意！」基斯滔滔不絕專業地說。

「都記下來了！」

「結尾是，如果查萊士先生接受京先生的道歉方式，請盡快回覆我，以便執行後續的工序。」

「很好，這麼快便有進展！」

「應該沒有其他了！」

「這些我今天內都可以完成。」

「週六你會去護幼院週年活動當義工嗎？」

「會去，都開過兩次會了！」

「擔任甚麼崗位？」

「接待嘉賓！」

「十分好，以你為榮，布朗太太，我愛你！」基斯誠懇禮貌地說。

「我也愛你！」

兩人在笑聲中互相擊掌。

X　X　X　X　X

這天早上沒甚麼風，基斯為了翻新居所的門牆，正在掃上白油漆，鄰居的老頭奇連先生也在幫忙。

基斯穿上橙色 T 恤及白色短褲，頭戴用新聞紙摺成的臨時工作帽，奇連也是一身幹粗重活的便服，而且還邊掃邊吹著口哨，似乎幹得很寫意自在。

基斯騎上扶手梯上時說：「奇連，你最近是否毒啞了你的女人，怎麼沒甚麼吵鬧聲？」
奇連無奈地說：「我最近學了一招，做 Yes 先生！」
「甚麼 Yes 先生？」
「凡事都跟她說 Yes，她便沒有吵下去的理由了。」
「管用嗎？」
「說實話，老夫老妻，我還是喜歡她吵吵鬧鬧。現在她不吵了，清靜得我也渾身不自在，都是吵架好！」

基斯摸不著頭腦說：「噢，夫婦兩口子的哲學，真是深不可測，哈哈！」
「你們在說女人壞話！」是桃麗斯的聲音。

基斯回頭一看，桃麗斯已站在他身後，她隆重的裝扮把他嚇壞了。
桃麗斯身穿巴背利長褸，下身是全黑色的 CHANEL 西褲，腳踏五吋高的 HERMES 紅色高跟鞋。頭戴設計精美的粉色大禮帽，鼻樑上架著黑色眼鏡，一派荷里活巨星的打扮。

基斯氣急敗壞地用手掩著雙眼說：「噢！我的大吖！」
奇連則吹了兩響調戲女孩子的口哨聲。
桃麗斯自豪地打個轉身說：「李律師，我這身打扮可以嗎？」
「可以，起碼可以去參加總統就職典禮。」基斯十分洩氣地說：「你知道的，今天是來幫手掃油，來幹粗活的，我的大公主。」
「不適合嗎？」桃麗斯失望地明知故問：「那怎辦？」

X X X X X

三個人努力在掃油，臉部及衫褲都沾上了白油，很有幹粗活的感覺。

桃麗斯全身都換了裝扮，頭戴新聞紙紙帽，穿『76 人』的球衣及藍色短褲，而且還光著腳。

基斯鼓勵說：「掃得很好，可以用此賺錢過活了！」
桃麗斯有意見地說：「我是『湖人』的擁躉，如今穿上『76 人』的球衣，好像有些甚麼不對勁！」

奇連打趣地說：「就算再怎麼厲害，也不過是美國球隊吧！打出好球便是了。」
基斯則全神貫注地說：「桃麗斯，你到右邊去多掃一層，還差少許，要認真一點！」
「是，管工哥哥！」桃麗斯鼓起勇氣說。
奇連靠到基斯耳邊低聲說：「又漂亮又聽話，在市場上找不到了，你這個小子走運了！」
「你往左邊再掃一層，現在是戰場，不談兒女私情！」
「是，長官！」

X X X X X

基斯家的起居室，裝修簡約，長方型飯桌外是兩排打對面的沙發，牆上掛著幾幅怡人的風景畫，還有幾盤小盆栽點綴，令人感到有點文青的味道。

此刻，可能是因為太累，桃麗斯穿著髒服躺在沙發上入睡了，時鐘顯示是下午四時。

基斯近距離好奇地俯下身體，凝望著睡得香甜的桃麗斯，她間歇性地發出「呼呼」的呼嚕聲，更加令基斯差點笑了出來。

他將手中的毛氈輕輕蓋到桃麗斯身上，她的身體搖動了兩三下，然後睜開眼睛伸著懶腰。

「我睡了多久？」桃麗斯緩緩地坐起來說。

「一個小時，這小時地球也不敢轉動！」

「不敢轉動？是甚麼意思？」

「怕會搖醒你，這可是重大的罪行！」

「你說的真誇張，有喝的嗎？」

基斯轉身入廚房，然後探頭出來問：「奶茶或是橙汁？」

「奶茶吧！」

基斯從冰箱取了兩瓶罐裝奶茶出來，把其中一罐放到桃麗斯手上。

桃麗斯懶洋洋地說：「有吸管嗎？」

基斯有點詫異說：「那麼講究嗎？」

桃麗斯認真地說：「從小到大，家裏都是這樣管教我的，說是甚麼窈窕淑女的儀態及優雅姿勢。」

基斯又從廚房裏取了一隻透明杯出來，將杯放到桃麗斯眼前說：「倒進杯子裏可以吧？」

「可以！」

基斯打開罐，將奶茶倒進杯之後遞給桃麗斯。

「謝謝！」她說完便猛地喝了一大口。

「味道怎樣？」

「很香滑很可口！」桃麗斯豎起大拇指稱讚，然後發現茶几上有一幅基斯年幼時跟一位女士的合照，便直接地問：「那位女士是誰？」

「我的母親。」

「好漂亮啊！她一定很疼愛你？」

「是的，我也很愛她，可惜，在我十七歲那年，她隻身遠赴西岸，之後再沒回來了，她也沒有跟我再聯繫，生死未卜！」基斯鼻子酸酸地說。

「那麼，你的父親呢？」桃麗斯又好奇地追問。

「不消提了，我十二歲那年，他打劫銀行，被警察開槍射死了！」基斯木訥地說：「葬了在東郊，所以在那時開始，我一直都沒有往東邊去過，一直覺得很羞恥，我為他幹出這種惡行感到十分內疚。」

基斯帶點淚光地垂下頭。桃麗斯伸手輕撫他的臉龐，像天使般安慰他。

「他可能有苦衷呢！」

「這也是我想不通的問題。」

「不要提過去了，好好向前看！」桃麗斯轉身過來，輕撫基斯的肩背。

「是，都過去了！」基斯嘗試定一定神，又帶點微笑說：「向前看。」

桃麗斯把頭枕到基斯的肩上，讓他感到一點溫暖，自己也感到幸福。

「基斯，我愛你！我愛你，你，愛我嗎？」桃麗斯認真正仰望他。

基斯禮貌地微笑說：「也許吧！」

「也許？」

「是也許。」

「我不夠漂亮嗎？我不是你那杯茶嗎？如果我有甚麼不好，有甚麼缺點，我可以為你而改！你看著我雙眼回答！」桃麗斯在努力地爭取及示愛！

「也許吧！」基斯盯著她，堅決而簡潔地說。

「為甚麼？」

「畢竟我們認識才三天，我不想傷害你。」基斯誠懇地說。

「好，明白了，時間久了我要你愛我！」

「也許吧！」

X　X　X　X　X

姑媽的家十分寬濶，是樸實的木質裝修，充滿閒適的田園風味。開放式的大廚房，爐具一應俱全，內有一張長方型餐桌，可供八人一起用膳。

現在是上午十一時半，基斯坐在餐桌旁邊，正喝一大口冰的水。他指著桌上一盤用錫紙封蓋的食品說：「姑母，用二百度焗三分鐘便可以了，我捧過來的時候還是和暖的。」

姑母雀躍地問道：「應該會很可口，我的寶貝年青人，你如何曉得煮孟買風味的咖喱？」

基斯回憶地說：「在大學的四年裏，我的室友是來自孟買的印度小伙子。他很愛入廚煮咖哩給我品嚐，也教曉我烹調孟買咖哩的主要配料，想不到今天可以大派用場了！」

「我今天有口福了！」姑母也緬懷地說：「我丈夫是印度裔的香料商人，半生在美國跟印度穿梭來回，婚後也如是。雖然有時要分隔異地多個月，但我們很鶼鰈情深，唉！可惜他去年心臟病去世，走時是七十五歲。」

「人生無常，相信他在天堂，也保佑你活得健康及開心。」基斯安慰地說。

「謝謝你安慰，我就當他去了孟買，感覺會更好一些。」姑母樂觀地說。

「說的也是！」

姑母報以一個微笑，便把那盤咖哩放進焗爐裏焗，還為基斯添冰水。
「我們的大小姐還在樓上化妝？」基斯明知故問。
「女生嘛！都是這樣講究的，特別是要見自己喜歡的人！」
「她告訴你，她喜歡我？」基斯詫異又害羞地問。
「對的，整個晚上都說你怎樣怎樣好，喜歡到快要發瘋了！」姑母壓低聲音說。
「你們在說我的壞話嗎？」是桃麗斯的聲音。

桃麗斯穿上白色晚裝，而且化了一個盛妝，看上去很隆重，又像是一個令人眼前一亮的新娘。

姑母看到瞪大雙眼，完全意想不到地說：「我的寶貝，天呀，只是中午吃個便飯，用得著穿得那麼隆重嗎？」

桃麗斯走到基斯面前，轉身一圈，大家才看到晚裝是露背的。

基斯幽默地說：「下次預早通知，我要穿踢死兔（禮服）才能配得上你！」

桃麗斯握著基斯的手臂可愛地說：「基斯，我只是想用最短的時間，讓你看到最多不同造型的我，這個想法，有錯嗎？」

「沒錯，只是我提醒你，待會別讓咖哩汁沾污你的晚裝，這個我不負責！」
姑母也附和地說：「我也不負責！」
「我自己負責，好了，肚子餓了！」桃麗斯大方地摸著肚子說。

X　X　X　X　X

基斯與穿著白色晚裝的桃麗斯泛舟於紫溪之中，輕風吹襲，令人格外舒心。

「聽說在秋天，這裏樹木的紫色花朵全都丟落到溪水上，令溪水染上了紫色，所以這條溪就叫紫溪！」桃麗斯心情開朗地說。

「是的，我的公主說的全對！」基斯微笑回道，他將雙槳擱到船上。

「不划了？」

「對，任隨水流漂浮！」

「很有詩意，浪漫極了！」

「甚麼時候，才把我的身份證還給我？」基斯突然認真地說。

「你這才發現，都踏入第四天了！」桃麗斯神氣地說：「你急甚麼？又不是趕著要去註冊結婚，就留在我那裏吧！」

「你管我！」基斯像被氣壞似的回道：「你這樣做是違法的！」

「我才不管，要經我看看女的是甚麼人，才決定是否批准你們結婚。」

「你是我的監護人嗎？」

「對！」桃麗斯堅定地說。

「千金小姐，真拿你沒辦法！」基斯苦笑地說。

「我愛你！」桃麗斯已把雙唇印到基斯的唇上。
「這裏有很多人在看！」基斯難以啟齒地說。
「你愛我嗎？」桃麗斯在閉目低喃。
「也許！」基斯低沉地又重彈老調。

X X X X X

市區旁邊的中級意大利餐館，現在正是下午三時，外邊下著滂沱大雨。

桃麗斯邀約 Ray 叔叔喝咖啡，兩人打對面坐在臨街的餐桌旁。她身穿粉藍色的碎花連身裙，輕妝更凸顯秀麗。對方穿著米色休閒服，桌上一旁還有一頂深啡色的牛仔帽。

Ray 叔叔神氣十足地說：「你挑對了地方，這裏的咖啡特別香濃而有層次感。」

桃麗斯輕啜一口，然後欣賞地道：「嗯，味道確實很好！」
「我親愛的小花兒，看來你不只是想喝口好咖啡那麼簡單，來吧！叔叔有問必答！」Ray 叔叔善解人意而又坦白地說：「是關於基斯的事情吧！」
「對！」
「說吧！」
「不知怎的，我每次問他愛不愛我，他總是不肯定，只答也許，是不是他心中已有愛人？」桃麗斯失落地說。

「沒有，他現在沒有愛人！」

「我不配他嗎？」

「配得上有餘，他只不過是一個『打單泡』的小鎮律師！」

「是不是我操之過急？」

「也談不上操之過急，愛情這東西，像下午的驟雨，要來便會來！」

「那，他為甚麼會這樣狠心的對我？」桃麗斯像一隻受了傷的小鳥，快要淌下眼淚地問。

Ray 叔叔停頓了三秒，然後率直地說：「我猜，真正的原因應該是這樣的……！」

X X X X X

護幼院外的操場上，掛上了「和平護幼院廿週年慶典」的彩色橫額，客人們都陸續到來了。

在迎賓區，桃麗斯及布朗太太正幫著在列隊的貴賓戴上襟花，有幾個男女義工負責為嘉賓引路。

在迎賓區兩旁都是十多家小吃或遊戲小攤位。吃的有烤腸、熱狗、墨西哥薄餅、爆米花、雪糕及各式飲料。玩的有猜謎語、拋圈圈、打壞蛋、考定力、射擊、世界盃足球及波波池等。

各攤位的義工正忙著準備工作。擴音器傳來熱鬧的進行曲，看來這個將會充滿感動及歡笑的下午。

X　X　X　X　X

禮堂內也熱鬧哄哄，坐滿了來自各地的貴賓、義工、住院小朋友等，基斯跟桃麗斯並肩坐在第三排。

主禮嘉賓已在台上就坐，典禮要開始了。

女司儀恭敬地宣布：「各位來賓，現在我們邀請院長，查理士布朗致歡迎詞，請熱烈鼓掌歡迎！」

各人鼓掌，掌聲如雷。

院長踏前兩步，在演講桌開始致詞道：「尊敬的聯合國兒童基金會主席羅拔福特先生，尊敬的州長阿倫狄克先生，各位貴賓、院舍職工及小朋友、歡迎出席今天下午的週年慶典。」

「作為一所典範的護幼院，歷任院長皆致力提升國際護幼水平，敬業樂業，謹此就他們對護幼工作所作出的貢獻，我們深表敬意。」

「在我們面前的挑戰十分巨大，我們要在愛心中跟科技同步前行……！」

典禮儀式完畢，數以百計的小朋友如箭離弦般蜂湧至操場，在各個攤位前排隊等著玩樂吃喝。

射擊攤位及烤腸攤位最受歡迎，排隊的人龍也特別長。

人們表現出興奮及雀躍的神情，在悠揚的進行曲中，享受著歡呼喝采的時光，的確是個充滿色彩及歡笑聲的嘉年華會。

桃麗斯打壞蛋得獎，是一個毛毛娃娃，他充滿童真地抱了基斯一下。

基斯玩拋圈圈，竟然百發百中，也得一個毛毛娃娃，他塞到桃麗斯懷裏，令她情不自禁地擁吻他。

有幾個義工為他們拍照片。

在歡樂聲中，護幼院送給嘉賓及小朋友們一個永誌不忘的下午……。

X　X　X　X　X

夜幕低垂，基斯及桃麗斯背靠基斯家的大門前坐在梯階上，各人手持一罐插有飲管的飲料，神情十分寫意及悠閒。
月滿掛夜空，繁星爭相閃耀，景色優美，配上偶爾幾響的蟲鳴聲，真是夜色醉人。

桃麗斯終於打破夜靜開腔道：「你的理想情人，會是怎麼模樣的？」
「沒有特定的要求，只要心地善良，有共同的話題便可以了。」基斯邊想邊說。
「就這麼簡單？」
「對，很簡單！我這個人有一個毛病，就是十分專一，當我選定一個伴侶，我便會視她為結婚對象，從來都如此，改也改不了！」

「怎麼你把專一說成毛病，專一其實是優點才對，不是嗎？」

基斯有少許害羞地說：「為甚麼說是毛病呢？因為專一令我容易受傷，給結婚對象甩掉的滋味苦不堪言。」

「你說的，是 Selina 及 Debbie 嗎？」

「是！」

「仔細一點說給我聽可以嗎？」

「你想聽？」

「是！」

「為甚麼？」

「因為我想進一步了解你。」

「可以，雖然有點難以啟齒。」基斯傷感回想地說：「Selina 是一位日語教師，我們熱戀了兩年，她要去東京教英語。我跟她分隔兩地，接著是愈來愈疏遠，最後我再也沒有她的音訊。」

「Debbie 嘛！是一個 IT 工程師，我們熱戀了三年，快到談婚論嫁的地步，怎知她被公司派往德州工作兩年，但不到十二個月，她便在當地跟別人結婚了。這兩次異地戀，把我弄得傷透了心，所以，我不敢再重蹈覆轍。」

「聽著都覺得你可憐，關於這事，已經有人告訴我了，只是，我始終想聽你自己親口說出來！」桃麗斯盯著基斯說。

「是誰説的？」基斯詫異地問。

「是誰説並不重要，最重要是，是不是我的根在西岸，所以你不願意去説愛我？」桃麗斯瞪大雙目看著基斯説。

「也許吧！」

「哈，也許？又是這個答案，我已聽了第三次了！」桃麗斯苦笑地説。

「是嗎？我這樣，是不想令雙方，或者是任何一方受傷，希望你明白！」

桃麗斯從包裹拿出一張咭交給基斯説：「拿著吧，你的身份證！」

「算是還給我了！」基斯很不自在地接過。

「遊戲暫時告一段落了，明天我坐早機回西雅圖！」

「有點捨不得你，請不要怪我太過理性。」

「我可以吻你嗎？」

「可以！」

兩人相擁熱吻，但當基斯想起明天便是別離時，心裏又泛起一種不是味兒的感覺。

03

意料之外

時光飛逝，六個月後。

基斯在姑母的廚房共進午膳。

姑母熱切地問道：「味道怎麼樣？」

「很鮮甜，真想像不到，用這方法焗的三文魚，會是滋味到形容不來！」基斯邊吃邊讚不絕口說。

「我的大孩子，合口胃便多吃點，姑母今天中午有你作客陪伴，吃得也是挺開心的。」姑母隨口地問道：「有跟桃麗斯聯繫嗎？」

基斯有點迷惘地說：「我打過兩次電話給她，她都沒有接聽，看來她工作很忙，或者她已忘記我了！」

X　X　X　X　X

基斯在辦公室審閱文件，布朗太太為他端上一杯熱騰騰的咖啡。

「咖啡剛泡好！李律師，稍事休息一下，不要太粗勞。」布朗太太放下咖啡便出去了。

「謝謝你，布朗太太！」基斯稍一回神，在布朗太太身後致謝。

布朗太太回頭微笑一下。

此刻，整個辦公室都瀰漫著咖啡香氣，他輕輕啜一口咖啡，然後從文件櫃頂拿起一個相架看。照片是他跟桃麗斯的合照，背景是護幼院嘉年華。

他全神貫注地看。良久，他的腦海裏浮現桃麗斯不同打扮的倩影笑態，只是六天的邂逅，卻有如此多溫馨浪漫的回憶，而且每個畫面都是恍如昨天發生的。

他自言自語地看著照片中人説：「桃麗斯，我愛你！」

X X X X X

星期日上午，基斯在沙發上隨意翻閱報章。

一只蟑螂飛到他跟母親的合照上，他想用報章拍打牠，牠卻一躍而飛地降落在書櫃近頂的位置。

「你這可惡的傢伙！」基斯用力拍打櫃頂，蟑螂又逃脱了，他這個動作，無意中把幾本書拍打倒在地上去。

他俯身執拾，發現其中一本是日記——

「爸的日記？沒錯，是爸的日記！」他心裏邊想卻邊將日記放回原處。

但他的手又縮回，在好奇心驅使下，他開始翻閱日記。

「五月六日，晴天。基斯說長大後要當一個律師，這孩子很長進，他是美國的未來。我想，我就算要多艱辛，也要讓他完成大學課程。」

基斯稍為微笑，再隨意翻下去——

「六月六日，雨天。一樁壞消息，工廠打算要裁減員工，希望不會選中我。」

基斯皺一皺眉，再翻下去——

「六月十四日，晴天。我今天被工廠裁減了。掉了這份工作，是我人生的最大挫折。莉莉也為未來的日子擔憂，但無論如何，我們決定不把這事告訴小基斯，以免影響他的學習情緒。」

基斯鼻酸地禁不住流淚，急速地翻下一頁——

「六月十五日，晴天。朋友知道我被辭退，都跟我疏遠了。我看著努力用功上學的基斯，在他背後淌了幾滴淚，我害怕這輩子也沒有經濟能力送他進大學。」

基斯忍不住流淚，繼續翻下去——

「六月廿二日，雨天，我決定今天中午去打劫銀行，如果成事，便可以有錢讓孩子幾年後進大學。如果失敗了，我可能會死在槍下，這也好，保險公司的人壽保險賠償金，也足以讓孩子讀完大學。」

「爸！爸！你真傻！」基斯哭著掩上日記。

「爸！真的對不起！真的對不起！」

他崩潰至雙膝蓋跪到地上，不停地飲泣，原來父親鋌而走險打劫銀行，真正的目的竟然是要他有經濟能力進大學，他為自己誤會了父親而懊悔萬分。

「爸！你在東面等著，我來看你，我來看你！」

他在沙發上拿起外套，飛奔去開動汽車的引擎，並且高速飛前。

他不停地飲泣，去到大路後，他首次嘗試拐向他抗拒的東面公路。

車輛如火箭般向前奔馳。

X　X　X　X　X

基斯走到父親的墳墓前，非常沮喪地有氣無力的雙膝下跪。

他淚如泉湧，用顫抖的右手，輕撫父親的墓碑。

「爸，我來了，我來看你了！」基斯雙唇蒼白顫抖地低訴著：「爸！對不起，我來遲了，我錯怪了你！」

此時天空突然在陽光中灑起驟雨，雨水沾濕了他的面容及衣衫。

「爸！是你在哭嗎？」他伸出左手手掌感受雨水，哽咽地流著淚說：「是你在哭嗎？原諒我的不孝不敬，兒子知道誤會你了，爸，完全是我的錯。」

雨點灑得更大，他開始大力地拍打墓碑。

「爸，爸！你聽到我的懺悔嗎？爸！你聽到嗎？為了要你原諒我，我願意接受任何形式的懲罰！老天！你就狠狠地懲罰我這個罪人吧！」基斯俯仰天空在叫吼！

「爸！你就好好休息，願你在天上得到幸福！」

他已欲哭無淚了。

X X X X X

在公路上，基斯愁眉深鎖地開車回家。

他突然無意中發覺，在公路旁邊有一間餐廳，招牌是「The Big Lobster」，甚麼一回事，他減速拐到這間餐廳的停車場。

他心裏猜度著：「The Big Lobster？不就是桃麗斯的父業嗎？」

停車場有三十多車位，現在是上午十一時半，客人還未來，所以有許多空位置。

雨停了，在溫煦的陽光下，他戰戰兢兢地步向餐廳門口，並且推門而入。

裏面正播著悠揚的輕爵士樂，一位穿著制服的女侍應向著他走過來。

「先生幾位？」
「你們是新開業嗎？」
「對，只開了兩個星期。」
「這，是你們在費城的分店嗎？」
「不是分店？這是我們全球的總店。」
「總店？」
「不錯，是全球的總店！」傳來桃麗斯的聲音！

基斯回頭一看，眼前人的確是桃麗斯。

基斯驚喜而又詫異地說：「噢，我的天，真的是你！」
「真的是我！」桃麗斯向女侍應說：「幫我請當值經理過來。」
「是，噢，她來了！」女侍應也詫異地回道。

當值經理來到桃麗斯面前，是女的，五十來歲，她向桃麗斯客氣地說：「是找我嗎？」

「莉莉，你看誰來了？」桃麗斯神氣地說。

這個莉莉是基斯的母親。

「基斯！你終於都來了！」莉莉深情地說。

基斯上前跟莉莉擁抱說：「媽，我的媽媽！」

兩人久別重逢，相擁而泣。

「你會否怪責媽，痛恨媽！」莉莉流著淚說。

「不會，不會，回來便好了，世間上哪有不思念母親的兒子！」基斯在淚水中如獲至寶地說。

「重逢真好！媽不會再離開你了，我的寶貝兒子！」

「歡迎你回來，你的房間已空著等你十多年！」

在旁邊的桃麗斯也感動到流淚。

「有媽媽是很幸福的！」桃麗斯感慨地說。

基斯轉身過來向桃麗斯說：「桃麗斯，十分感激你的安排。」

桃麗斯跟基斯擁抱著說：「基斯，我把總店遷來費城，你高興嗎？」

基斯微笑地說：「很好，很好，桃麗斯，我們不再，不再是異地戀了！」

「基斯，我仍深愛著你，你愛我嗎？」

「我愛你，我愛死了你了，桃麗斯！」

在旁的職工都圍著歡呼及報以熱烈掌聲。

基斯把桃麗斯抱得緊緊的，良久不肯鬆手。

餐廳內瀰漫著幸福的氣氛。

X　X　X　X　X

在護幼院大禮堂內，正舉行基斯及桃麗斯的婚禮，是以基督教儀式進行。

禮堂內坐滿賓客，包括有 Ray 叔叔夫婦、布朗太太、奇連夫婦、院長等，還有護幼院的導師及小朋友。

基斯穿著莊重的黑色禮服，桃麗斯穿著白色婚紗，牧師站在他倆中間。

牧師認真地説：「基斯杜化李先生，你是否願意娶桃麗斯黛麗小姐為妻，無論順境、逆境、疾病等都與她一起！」

基斯嚴肅地回應：「我願意！」

牧師又認真地説：「桃麗斯黛麗小姐，你是否願意嫁基斯杜化李先生為丈夫，無論順境、逆境、疾病等都與他一起！」

桃麗斯嚴肅地回應：「也許！」

牧師及基斯都感到詫異，全場的來賓都感到嘩然及議論紛紛。

桃麗斯再十分認真補充說：「也許沒有也許，我願意！」

基斯會心微笑，桃麗斯也強忍著笑。

牧師正式地說：「現在我宣布，你倆已正式成為夫婦！」
基斯輕吻桃麗斯額頭，她閉上雙目，表情是無限的幸福。
全場拍掌，熱烈呼叫，都紛紛站起來了。

（章末字幕）
（背景是冰天雪地一棵聖誕樹）
（旁白：鄭裕玲）

一見鍾情
是單看五官
日後相處
則要看他 / 她的三觀
自己觀天下觀眾生觀
自己觀者
知足自知
具正能量
天下觀者
博學多才
處事客觀
眾生觀者
敬老愛幼

佛口善心

若遇到具前述

五官三觀者

而又聊得上愛得上的話

千萬要緊緊抓住

因為他/她是一位

亦是伴侶亦是福星

—本章完—

第二章

地老天荒

本章主題曲
《月亮河》

月亮河
你今年多少歲
你欲語還休想說句話
在烏雲的日子裏
我少了你的光亮伴隨

月亮河
你長有多少里
有時你代表情話千千句
在晴朗的日子裏
也許東西南北都看到你

噢　月亮河
我沒有見過你流淚
噢　月亮河
你飽受風雨吹

噢　月亮河
你是不會變心的一生伴侶

曲：待譜
詞：胡人

01

不老傳奇

英國修咸頓市（Southampton，又譯南安普敦）的秋季，氣溫攝氏約五度，算不上十分寒冷。

修咸頓是英國南部的大城市，開車到倫敦只需三個小時，是一個港口城市。它不單止到處都是好風光，而且根據十多年來的統計，它都是全英國治安最好的大城市。

修咸頓的名氣甚響，因為距今大約一百一十年前（一九一二年四月十四日），著名的超級郵輪鐵達尼號（Titanic），便是由這個港口出發，準備前往美國紐約，可惜它在途中沉沒。今天在修咸頓，也有不少關於鐵達尼號的事物，記錄著它悲壯的故事。

在城牆步行街的西區警署，今天來了一位不速之客，他便是一位約八十歲的黑人老頭子摩根費文。兩小時前，患有認知障礙的他，在購物時跟家人失散了，被商場的保安送到這裏來。

摩根是一個高個子，他沒有半點愁容，正手持平板電腦，聚精會神地觀看修咸頓主場迎戰曼城的足球直播，有時又興奮地大叫「射門，射門！」

由於聲浪有點太響亮，令當值的小鬍子警官未能集中精神工作，不斷地皺了好幾次眉頭，同時也搖著頭瞪著摩根。

「喂，你的音量可否調低一點？」警官不怒不笑地說：「畢竟這裏是警署。」

摩根愛理不理地回道：「修咸頓又一次精彩的撲救，做得好。你少管閒事，老人家的聽覺不太好嘛！」

「你可以帶上耳筒！」

「閉嘴，耳筒留在家裏呢！」摩根恃老賣老地反駁。

剛巧此時一名不到三十歲的美女推門而入。她是柯德莉，也是摩根的妻子。

柯德莉今天穿著藍白間條長裙，一推門便喘著氣跑到櫃枱前，神色慌張地喊道：「警官先生，我是來領回摩根費文的。」

警官用視線引導地說：「啊！老頭子就在那裏。」

柯德莉朝著警官的視線看過去，她看見正在觀賞球賽的摩根，便往摩根處衝過去。摩根仰高頭看到柯德莉，也放下平板電腦，兩人緊緊地擁抱在一起。

柯德莉恍如隔世般又如釋重負地嚷：「摩根，你快把我嚇壞了。」

「親愛的，我沒事，我沒事，我走失了，真的對不起，我就知道你一定會來找我。」摩根帶著歉意說。

「能找回你便好了，感謝上帝，摩根，我不能沒有你，你是知道的。」柯德莉感恩地說。

「讓我再抱緊你多一刻。」

兩人再緊緊地摟在一起。

當值警官看到此情此景，微笑地搖了兩下頭，便向著他倆說：「小姐，你們作為家人的，帶老人家出門要看緊一點，你過來簽名便可以帶你祖父走了。」

柯德莉鬆開摩根走到警官面前，鄭重地澄清道：「他不是我祖父，他是我丈夫！」

警官立刻愕然地說：「丈夫？你不是在說笑吧，他七十九歲，你才廿多……，我可以看看你的身份證嗎？」

柯德莉從包包掏出身份證，誠意地遞交給警官手裏。

警官拿過身份證，細心地查看，然後詫異又崩潰地說：「真的？真的是七十九歲，怎會這樣？」

「我從來都不會向警察說謊的。」柯德莉神氣地微笑道。

「哪個整容醫生這麼厲害？」警官再細看她的面容說。

柯德莉認真地說：「不是整容的，我廿八歲那年發了一次嚴重高燒，之後我的容顏便停留在二十八歲，一直不老，年年如是！」

警官冒著汗珠難以置信地說：「發高燒？不會老？怪事年年有，今年特別多！」

摩根客氣地說：「警官，我們可以走了嗎？」

警官回一回神說：「可以，太太在這裏簽名，你們便可以回家了。」

柯德莉拿起筆在文件上簽署。

警官突然好奇地問：「請問，兩位認識丹素費文嗎？」

柯德莉認真地說：「丹素是我的兒子。」

警官喜出望外興奮地道：「那真太巧合了，我跟他在警校是同一屆畢業的，我們經常有來往，上個月尾他才一家人到我家裏燒烤午餐。」

摩根有信心地說：「丹素是一個好警察，閣下是……？」

「湯美漢斯！」

摩根跟湯美握了一下手。

警官客氣地說：「要召警車送兩位回去嗎？」

「不用了！」柯德莉大方得體地說：「我的車就停在外邊！週末快樂！」

警官恭敬地說：「世伯，伯母，你們也週末愉快！」

柯德莉握著摩根手臂出門時跟警官道別。

警官望著兩人的身影發呆，然後自言自語地道：「世間真的會有不長老的人嗎？」

警署門外，柯德莉小心翼翼地參扶著摩根步下三級台階。

柯德莉提醒地說：「小心踏步，不能跌倒，看著步伐。」
摩根感激地說：「只是三級台階，難不到我這個老頭。」
「你好像體重增加了？」
「誰叫你的廚藝那麼了得！」
柯德莉稱心如意地瞅著他說：「你這句說話，我不折不扣的聽了五十年了。」
「說好聽的話兒，不用成本呢！」

他倆已走到白色的奔馳車旁邊。

柯德莉用搖控器「嘟」一聲開啟車門，並走到副駕位那邊拉開車門。
「費文先生，請小心坐進去！」她做一個恭請的手勢。
摩根亦小心地鑽進轎車裏，並打趣說：「給你一鎊小費，回到家便給你。」
柯德莉繞過車頭鑽進駕駛座，用雙手調一下倒後鏡的位置，然後也調皮地說：「費文先生，你的小費承諾，好像從來沒有兑現過！」
摩根細心想了想，便感慨地道：「對，親愛的，我欠你的實在太多了，有你陪伴，真是上帝給我的福分。」

柯德莉報以淺淺的微笑，表情十分優雅悅目。

摩根再細看一下眼前人，淡妝實在掩蓋不了面部輪廓的美態，有七分像是歐洲貴族的血統，加上五十年來都不長老，散發著小公主的高雅氣質。

「怎麼了，是不是我面上有甚麼東西？」他見摩根盯著了自己大半天，便好奇地問道：「還是還沒有看膩我的容貌。」

摩根沒有吱聲，仍是著迷地看著她。

柯德莉嘆一口氣，別人花千萬金追求的青春不老，對她來說，絕對不是一件樂事。她這個打從廿八歲便不長老的軀殼，反而令她十分懊惱。

她一直希望自己能跟正常人一樣，面容隨著日子逝去而漸漸長老，皮膚下垂長出斑紋，腰背也不能挺直，要手持拐杖走路。

「結婚五十年了，跟摩根一起白頭到老。」這個才是她的畢生夢想，她，是百分之一百真心的。她討厭自己青春不老，一直期盼衰老降臨在她身上。

X　X　X　X　X

摩根的宅院位於溫徹斯特（Winchester）的寧靜地帶，是只有一層高的紅磚平房，房子前後都各有一個廣濶的花園，種著各式各樣的花木。特別值得一提是，前屋主在中國上海引來了三株梧桐樹，長得有十米高，秋季完全落葉了，只剩下一樹枯枝，看上去蠻有詩情畫意的。後園對下的位置是一條延綿千里的河溪，讓誰都想得到，它最後的歸宿必然是修咸頓港口。

室內約有二千平方呎，是樸素無華的裝修，調子略帶中國色彩。因為柯德莉今天仍然是修咸頓大學中國研究學系教授，所以家裏的佈置也少不了中國文化的情意結。她同時也是中國書法家，所以牆上也有些許她的墨寶。

家裏有三房兩廳及一個特大的廚房，柯德莉視這個是她的展示平台，因為她最愛在其中烹煮中國料理。每個月一次，招呼親友來品嚐，分享她的正宗拿手中國菜。

這天下午，摩根及柯德莉在後園的有頂的平台品嚐下午茶，在柔和的陽光下，照得他倆精神煥發，額外稱心寫意。

他倆喝的是摩根最愛的格雷伯爵茶（Earl Grey），因為它茶味香濃而芳香撲鼻。桌上也放了一碟幾塊的杏仁曲奇餅，是柯德莉親手焗出來的，同時亦是摩根的心頭好。

摩根啜一口茶，用舌頭輕嚐一下，然後指著遠處的小河溪說：「親愛的，這條河已經流過千百公里了，你說它會否感到丁點兒疲累？」

柯德莉慢條斯理的回道：「這要看它的心態如何，如果它不是心甘情願的，早在源頭開始就已感到無比的疲累。相反，如果它是有使命感的，流到這裏，差不多快要到港口了，它會感到興奮莫名！」

摩根稍微點頭同意地説：「此言甚是，核心的關鍵還是心態，好像我們兩個，活到快八十歲了，對人生的真正意義，仍然在不停的探索。」

「我也很感激大學對我的包容，都快八十歲了，只要我有廿八歲的體魄，大學都讓我繼續執教，所以我非常感恩。」
摩根關切地問：「未來這兩個月，你的工作忙嗎？」

柯德莉甜絲絲地回道：「也不太忙，對了，聖誕節之前有一個『中英文化交流音樂會』，那時我會忙一些。」
「不要太勞累便是了！」
「不會勞累的，有一個委員會負責執行，我只管外務及接待演奏家。」

太陽快要下山了，把大地映照成一片金黃色。

X X X X X

在修咸頓大學醫院頂樓的會議室，寬敞的橢圓型會議桌坐著十多個醫生及柯德莉。

坐在主席位置的是院長羅拔迪尼，柯德莉坐在他的正對面，坐在兩旁的都是修咸頓頂級的專科醫生，包括遺傳科、基因科、腦科、骨科、牙科、老人科、心肺科、內分泌科及眼科等等，眾人都穿著白色的醫生袍，炯炯有神。

迪尼院長作總結地說：「這個兩年一次的身體檢查的重點，我都陳述清楚了，各位明白嗎？」

眾人同時回道：「明白了！」

迪尼稱讚地道：「很好，你們都是修咸頓優秀的醫生，務請各位加油。費文太太也明白了吧？」

柯德莉感激地說：「院長，明白了！」

迪尼又嚴肅地道：「我們只有兩天時間做檢測，兩週內完成論文報告。千萬要記住，費文太太有合理的私隱權，不能用她的真實姓名發表，只能稱呼 X 小姐。」

眾回：「是！」

柯德莉站起來向大家鞠躬。

迪尼又鄭重地說：「有關論文，將會在明春的《刺胳針》（Lancet）發表，好，現在散會！」

眾人收拾面前文件準備離開，各人交談不斷，會議室開始嘈雜起來。

這是院方跟柯德莉之間的合作，打從她五十歲開始，便每兩年一次做院方的研究對象，寫成醫學論文。因為像柯德莉終生停止衰老的個案，是全球醫學史上唯一的個案，有重大的醫學研究價值。

02

低調處理

丹素及琦溫上身都是 H&M 出品，鮮橙色的長袖情侶裝 T-shirt，小占美則穿著修咸頓的主場迷你球衣，頭戴黃色的冷帽。

這天中午陽光明媚，費文家一家團聚，在宅內飯廳享用午膳。兒子丹素帶著兒媳婦琦溫及七歲的獨子占美，跟兩老共膳。

周打魚湯、薄牛扒沙拉、中華炒拉麵及中國北方流行的紅豆沙煎薄餅作甜品。

眾人面前都有一杯香橙雜飲。

氣氛充滿溫暖的幸福感。

摩根和藹地對小占美說：「我的小寶貝，你對於祖母準備的食物喜歡嗎？」
占美喜悅地豎起大拇指說：「用『美味好吃』來形容，好像還是『辭不達意』。」

琦溫也同意地道：「真醒目，下次晚飯，祖母為你準備更可口的大餐！」

「沒見面才兩個星期，占美說話的用詞，愈來愈像大人了！」柯德莉驕傲地說。

「當然，我今年七歲了！」

眾人都「哈哈」大笑起來。

丹素滿足地向柯德莉說：「母親，你知道嗎！看著這個小鬼子一天一天長大，是我現在最快樂幸福的事。」

柯德莉想當年地道：「這種心情，母親當然可以體會，不是嗎！當年你出生只有一個暖壺那麼小，把你拉扯大的，不就是父親及母親嗎？哈哈！」

眾人又「哈哈」大笑起來，笑得最燦爛的當然是小占美了。

「跟你們說件八卦的事情！」琦溫提高聲調單一單眼說。

「洗耳恭聽！」摩根感到有趣地回。

「我的一個女同事，提醒我，小心丹素會出軌！」

「我？」

「她神秘地向我說，上星期四在西碼頭商場（West Quay），她看見你跟一個年青女人，在商場內走得很親密！」

「上星期四？」丹素摸著頭皮拼命地回想

柯德莉腦筋清醒地說：「啊，那個女的是我。星期四那天，丹素陪我去看牙醫，後來我還在 Levis 買了這頂黃色的冷帽給小占美。」

「這個事我當然知啦！我只是說出來讓大家笑一笑而已。」琦溫大方地說。

「嚇破膽，差點蒙上污名！」丹素鬆一口氣拍拍心口說。

「那你怎麼回答那個女同事？」柯德莉稍帶凝重地問。

「我當然作故事騙她，我跟她說，那個女的是丹素的表妹，她表妹喜歡女的。」琦溫淡定地說。

「嗯，琦溫你處理得很好。」摩根不斷稱讚說：「母親必定會很滿意，大家說得對嗎！」

「你真明白我心意，老頭子！」柯德莉寬容地同意。

「這都多得母親說得明白通透，『不老的事』可以不說便不說，不能迴避的，也得『低調』處理！」琦溫乖巧地說。

「不愧是我的好兒媳婦，我給你打一百分，哈哈！」

大家又「哈哈」笑了出來。

「祖母，給我再添中華炒拉麵！」占美把盤子傳給坐在旁邊的柯德莉。

「樂意之至，吃得多，快高長大，祖母給你來一盤滿滿的。」

「我下星期要去倫敦出差三天！」琦溫禮貌地告訴大家。

「你自己開車去嗎？」丹素關心地問。

「小心開車便是了！」摩根祥和地說。

X　X　X　X　X

凌晨三點半，在南區的某貨倉傳來槍戰聲，火光四起。是警方在緝毒行動中跟多名毒販駁火。

丹素費文也是警方一員，他也開了兩發，擊中毒販 A。

毒販 A 倒下來，丹素飛身往前壓住他，正取出手銬，想將他反扣，自己卻又中了兩槍。
丹素中槍倒地，其他同僚開了十多發槍在掩護他，丹素眼前一黑便昏過去。

傳來救護車的警笛聲。

X　X　X　X　X

醫院手術室門外，亮起「手術中」的紅燈。

摩根與柯德莉面露愁容，來回踱步屏息地等候手術的消息，另外有幾位軍裝警員也在等候消息，氣氛十分凝重。

柯德莉擔憂地說：「已經三個小時了，時間愈長我愈擔心！」

「不會有事的！」摩根拍拍她的肩膊在安慰她。

窗外射進清晨的陽光，牆上的大鐘指著清晨七點正。

入口處的大門被猛力地撞開，衝進來的是神色慌張、急急喘氣的琦溫，她朝著柯德莉的方向跑過去。

琦溫捉住柯德莉的手焦急地問：「丹素現在怎樣了？」
柯德莉定一定神，簡潔地說：「此刻仍在搶救中。」
摩根也冷靜地說：「你從倫敦趕回來，開了三小時車，別太激動，坐下來休息一回。」
「我聽到他中了槍，魂魄都飛走了。」琦溫低泣地說：「他要活下來，活下來看著占美成長，他要活下來。」

此時，迪尼院長從電梯走出來，有些面帶倦意。眾人都衝向前包圍著他。

柯德莉關切地說：「丹素怎麼了！」
院長略為定一定神說：「我在手術視像所見，手術進行順利，已取出兩顆彈頭，團隊們仍然努力進行餘下的程序。可幸的是，他現在的狀況，應該沒有生命危險了！」

眾人都鬆一口氣。

此時，琦溫才願意乏力地坐下來，咬著牙齒道：「丹素，加油！加油！」
柯德莉也疲累地陷入摩根溫暖的懷抱，並微弱地說：「求主保佑！」
此時琦溫的手機響起，她接通了說：「是，梅麗姨姨，唔，唔，是的，我已到醫院了。唔，給時間我處理一下，拜拜！」

摩根熱誠地問：「怎麼了？」

「梅麗姨姨説，占美看電視的早上新聞，他知道丹素中槍危殆，哭著不肯上學去！」

「怎可以不上學，你跟摩根在這裏守候，我開車去帶他到學校！」柯德莉沉著地道：「就算這個處境，也不能缺課，一天也不能！」

X　X　X　X　X

柯德莉開車載著占美駛往學校入口的方向，車速不算很急快。

小占美穿著校服苦著臉說：「爸爸在駁火中，中了兩槍！」

柯德莉有條理地説：「你爸很勇敢，他會跨過這個難關。搶救的事，我們應該信賴專業的醫療團隊。」

占美點頭仍疑惑地説：「你剛才説爸爸不會死，這是真的嗎？」

柯德莉微笑安慰地道：「院方都交代了，你爸現在已沒有生命危險。我敢保證在聖誕節時，你可以騎在你爸的肩膊上，到美國迪士尼公園跑來跑去，我説得夠清楚了嗎？」

「到迪士尼公園，騎膊馬跑來跑去，你這算是承諾？」占美高興地伸出小拇指説。

柯德莉也伸出小拇指跟他打勾。

「嗯，百分百的承諾！」

柯德莉看見學校入口處停了十多輛警車，還有大批傳媒在採訪。

「噢，我的天呀！今天這麼熱鬧，我們只能在這裏下車了。」

柯德莉及占美緩緩下車，她牽著他的小手步向學校大樓，兩人對面前的景象都感到詫異。

一位穿著制服的警官向他倆走過來，他正是湯美警官。

「費文太太，早上好！」

「噢，原來是湯美，早上好！甚麼事這樣壯觀？」

「是這樣的，局方知道小占美哭著不要上學，便調動部分同僚，目的是為小占美打氣，必定要勇敢地上學去。」湯美邊說邊撫摸小占美的頭頂。

「很好，他剛平伏了，對，要勇敢，是嗎？我的小寶貝！」

「為了鼓勵爸爸跨過難關，是的，我要像爸爸一樣勇敢！」占美突然振奮起來了。

「兩位請到這邊來！」湯美帶他倆走了幾步。

此時，柯德莉才看到，有兩排警官打對面列隊在路旁，約每排十二人，中間留了一道約三米寬的通道，警官們都炯炯有神。

「這是……？」

「讓小占美勇敢在中間穿過去，勇敢地上前走，勇敢地克服心理障礙，勇敢地上學及面對未來的人生！」湯美神氣十足地解釋。

「我？在中間穿過去？」

柯德莉稍為提高聲線說：「占美，提起精神，勇敢步過去，你能做得到嗎？」

「能，我要當丹素費文警官勇敢的兒子。」占美挺起胸膛回應。

傳媒們都一窩蜂跑過來，各人都想找一個有利拍攝的位置，場面有少許混亂。

此時，占美已走到通道口了，他又回頭疑惑地望柯德莉。

「孩子，不用回望，不要回望，勇敢地踏向前，一步一步一步往前走，走向自己該走的人生路！」柯德莉正能量地叫喊。

占美跨前一步，深呼吸一口。

為首的警官向同僚發號施令：「Attention！」

列隊的警官立刻更加齊整地肅立。

占美又深呼吸一口，踏入通道一步。

「Morning Sir！」第一位警官向他敬禮問好。

占美有點發呆，然後舉起右手微弱地敬禮說：「Morning Sir！」

第二位警官提高聲線挺胸回道：「Morning Sir！」

就這樣，「Morning Sir！」的對話此起彼伏，每往前一步，占美便愈加神氣。他勇敢走到盡頭後，兩位女警上前給他擁抱。

眾人都大力拍掌歡呼及興奮嘶叫，場面充滿正能量。
甲女警官為他獻上一束黃色的波斯菊，寓意勇敢和正義。
甲和藹地說：「全國的警官都為你爸爸祈禱，祝他早日康復！」
乙女警官為他獻上一盒巧克力，寓意幸福甜蜜。
乙也和藹地說：「全英國人都以你感到驕傲，共同勇敢努力，創造一個幸福快樂的地球。」

柯德莉呼了一口氣，如放下心頭大石。
甲乙一起左右吻小占美的面頰，傳媒們又前來爭相拍照。

英國國旗，在學校頂上，迎風雄糾糾地飄揚。
修咸頓警察總長德斯汀站在眾傳媒的採訪咪前，神氣地解釋：
「今天凌晨約三時，高級警官丹素費文在跟兇徒駁火中槍送院搶救，經過醫護人員的努力施救，現在已沒有生命危險。同僚們得知丹素的兒子，因傷心及害怕，而不願意在今早上學，令同僚們感到十分遺憾，因此自發此次行動，鼓勵他能勇敢上學去。內政部大臣及警方管理層也大受感動，願費文警官早日康復，國民幸福愉快，我這次向各位的簡報，亦到此完畢，多謝各位！」

X　X　X　X　X

時光荏苒，兩星期後。

在大學醫院的後園，是一大片翠綠的草坪，旁邊有一個闊大的觀景亭。丹素精神奕奕坐在輪椅上吹風，琦溫坐在他旁邊看書，坐在另一邊不遠處的則是摩根及柯德莉。

「在陽光下，有真正的幸福感。」丹素看著四周感嘆地說。
「不是有我兩母子，你才有幸福感嗎？」
「這個我不是已說了很多年嗎？」
「很多年？你還要說多五十年，甚至一百年，不是嗎？」琦溫據理力爭地說。
「哦！好！二百年，三百年也可以！」丹素微笑地妥協。
不遠處的摩根在柯德莉耳邊說：「他倆在口角，是不是？」
柯德莉低聲回道：「只是在打情罵俏，這樣好，等於證明丹素一天比一天健康起來，是好事。」
「啊！親愛的，差點忘記告訴你，你的兒子現在成了網絡大紅人！」琦溫興奮地跟丹素說。

「網絡大紅人？」
「你施手術那天，你的同僚不是列隊鼓勵小占美上課嗎？」
「對，我很感激我的同僚及上級，小占美也幹得很好！」
「對，有網絡商將片段重新剪輯，再配上國歌《天佑吾皇》（God Save The King）放到網絡上，想不到大受歡迎！每天有千多萬點擊率，要看嗎？」
「必定要看！」
琦溫撥弄手機幾下，便將「連結」傳給丹素。

丹素打開網頁，國歌響起，畫面是小占美跟警官們敬禮的情景。

丹素邊看邊咋舌地説：「噢，噢，我的天，幹得好！小占美，爸以你為榮，我的天啊！哈哈哈哈……！」

兩夫妻都忘我地笑起來。

摩根與柯德莉也走過來圍看。

看畢，柯德莉吻了丹素一下説：「我的兒子，母親也以你為榮！」

丹素感激地仰著頭回道：「母親，父親，我愛你們！」

四人圍擁在一起，充滿溫情，場面感人。

03

紳士君子

在大學劇場式的講學室內，有百多名學生在聆聽柯德莉的課，她站在講台上，用搖控器在翻動大屏幕上的畫面。

柯德莉神氣地説：「由於中國的書法十分千變萬化，歷代又有不同的書寫形態，講求書寫時字形隨心而變，又講求筆功及筆風。説到底，它就是一種獨特的文化藝術，因此，已被聯合國列為『世界非物質遺產』！」

學生中傳來詫異的聲音。
柯德莉繼續説：「這是個甚麼字？」
屏幕上有一個特大的「福」字。
同學們四異口同聲地喊出來：「福！」

柯德莉又説：「對！中國人很喜歡這個字，因為它代表家庭豐足、收入富裕、辦事順利、健康及好運氣。説出來大家可能會很驚奇，如果用不同書法來書寫，這個『福』字可以有一百種以上形態，傳統稱之為『百福圖』！」

學生中又傳來詫異的聲音。

柯德莉在總結説：「這個圖在網上很易找到，大家可以隨時下載這一百個『福』字的美態。今天的作業便是，大家把『福』字的其中廿個形態寫給我，記住，是廿個形態，這課結束！」

傳來學生的熱烈掌聲。
男甲在男乙耳邊説：「費文太太真美，上她的課就是享受！」
乙低聲回道：「對！她美得可以紅遍荷里活！」

X X X X X

夜色沉暗，摩根坐在後園平台欣賞夜色，心情十分舒暢。

柯德莉從室內步出來，端著盛載兩杯熱茶的托盤，在他旁邊輕輕的坐下來，並將一杯茶交到他手上。

「謝謝！親愛的！」他將茶捧在手中道謝。
「好像不太冷！」
「對，不太冷！」

柯德莉抬頭望夜空，只見月兒彎彎像個勾，又有眾星伴月，美甚。她吁一口氣，然後有感受地説：「夜空很清，沒有甚麼雲，月亮跟星星都跑出來了，真美！」

「又有夜蟲鳴叫，真舒服。」
「對！唉！只是沒法數得出星星的數目！」

「現在令我想起，還是四五歲的小時候，常常都會看著夜色唱《閃星星》（Twinkle Twinkle Little Star）！」
「唔，我現在也唱給你聽！」

她開始輕輕哼歌：

Twinkle, twinkle, little star.
How I wonder what you are.
Up above the world so high.
Like a diamond in the sky.
Twinkle, twinkle, little star.
How I wonder what you are!

他熱烈地鼓起掌說：「好歌！好歌！我喜歡！唉！歲月催人！」
她強笑說：「可惜我不會老，五十年來，我都是廿八歲，我都發悶了。」
「這是上天的安排，也算是一個奇蹟。」
「我只好年年買新衣服打發時間！」
他陽光地說：「倒也是好事，看見你，我也覺得自己青春了。」

她幸福地微笑點頭。

X　X　X　X　X

在機場接機處，柯德莉帶領幾個學生接機，其中一個學生舉起「熱烈歡迎尊龍」的 A4 咭紙。

旅客魚貫步出，當中有一個灰髮的中年紳士，他便是意籍華裔二胡演奏家尊龍，他注意到 A4 咭紙，便興奮地踏過去。

「你好，尊龍先生，我是音樂會委員之一，我是費文太太！」
「費文太太，你好！」

兩人熱烈握手，尊龍又跟其他同學握手，十分有風度。
「行李都拿齊了嗎？」柯德莉關切地問。
「都齊了，我們可以起行！」
「太好了，我們這邊走！」
大伙兒步向停車場。

X　X　X　X　X

修咸頓大學劇場，不大不小，可以容納一千五百位觀眾。

樂團正跟尊龍排練《空山鳥語》，已排到結尾了，台下有零聲的掌聲。

指揮神氣地說：「非常好，尊龍先生，現在我們休息十五分鐘！」

尊龍放下二胡，步向台下向他招手的柯德莉。
「下來喝幾口咖啡吧！」她將一杯咖啡遞給他。

「謝謝！咖啡是我的最愛！」他伸手接過，輕輕啜了一口。
今天下午的尊龍，上身是長袖白色 Nike T-shirt，配上牛仔褲及白波鞋，看上去比昨天年輕了許多。
「坐下來吧！」她作一個恭請的手勢。
兩人輕鬆地在觀眾席第一排坐下來。
「好咖啡，費文太太，你在這裏教學很長時間？」他隨便地問。
「有好幾年了。」她說謊說得很自然。
「噢！你那麼年輕，那你必定是個十分優秀的人才！」
「客氣，客氣，我有甚麼可以幫忙？」

尊龍謹慎地看看四周，見旁邊沒有其他人，便十分神秘地說：「我有一個做醫學研究的朋友，他告訴我，你們大學在研究一位不會衰老的女士。不知何故，她這個人不會長老，青春常駐，年年都是廿八歲。我的朋友還猜測那位女士是你們大學的成員。費文太太，別怪我多事，你認識這位女士嗎？」
「不認識，也未聽過這種怪事！」她的臉有點發燙，泛了點紅霞。

「人海茫茫，我都明白不容易找到她，太可惜了。」
「你為甚麼要找這位女士？」她又感到好奇。
「我不是諸事八卦，而是很有誠意想見她，因為……！」
「因為甚麼？」
「為了想豐富我的藝術生命！」

「此話何解？」

尊龍有條理地解釋：「試想，不會老，不會老是甚麼樣的事情，五十年都不會老，又是一種甚麼樣的體會。她為此而高興嗎？她為此而發愁嗎？她是如何度過這五十年？」

她專心點著頭聆聽。

尊龍繼續說：「完全不會老，對她來說，是恩典？還是煎熬？我想細聽她的個人故事，聽她第一身的內心感受。音樂也是藝術，是一種以生命影響生命的東西，它是有層次感及有生命的，我想找到她，聽到她娓娓道來，必然會豐富我的演奏層次，不是嗎？」

「是的，你說得很白，我理解。」她努力去掩飾那個女人就是自己。

「我這樣想，有沒有點自私？」
「不會的。」

X　X　X　X　X

柯德莉帶尊龍到大學員工及學生餐廳用午膳，他們坐在其中一角的四人枱，旁邊有落地玻璃，可以看到外邊的草坪，綠草如茵，景色十分怡人，二胡就放到桌上靠玻璃那邊。

兩人剛吃完英國南部的特色食品炸魚薯條（Fish and

Chips），正在閒逸地喝著雜果飲料。

尊龍帶滿足感地說：「炸魚薯條分量不多，但已吃飽了，味道真的不錯。」

「這餐廳外的景色也很翠綠遼闊，坐在這裏用餐，真是賞心樂事。」

「才七鎊一客，我也感到物超所值。」

此時，有幾位年青學生走到他們旁邊，其中一位禮貌地說：

「閣下必定是尊龍老師！」

尊龍詫異但又幽默地回應道：「是的，不得不承認，我的二胡出賣了我！」

大家也大笑起來，柯德莉也感愕然，但她相信這群學生不是來惡作劇的。

另一位又微笑地說：「兩位老師下午好，我們特地過來，歡迎尊龍老師來到修咸頓大學的！」

尊龍有風度地站起來：「多謝你們的熱情，多謝修咸頓！」

一位女的說：「老師，可否在這裏即席演奏一段音樂，哪怕一分鐘也好。這是我們熱切期待的，尊龍老師！」

柯德莉含蓄地說：「這好像不太好，會妨礙其他人用餐！」

尊龍溫文地道：「對，好像不太方便！」

怎知道這群學生十分期待地叫出來：「來一段，來一段，來一段！」

其他客人也熱情地加入叫：「來一段，來一段，來一段！」

柯德莉驚訝狀地張開嘴巴。

尊龍也迎合群眾，把二胡拿到身邊道：「那我只好獻醜了！」

全個餐廳的食客都高興地熱烈拍掌。

「你們想聽甚麼？」
「西方音樂，近代一點的可以嗎？」
「也好！來一段《月亮河》（Moon River）可以嗎？」
大家又集體地叫起來：「《月亮河》，《月亮河》，《月亮河》！」

尊龍看一看柯德莉，她也笑著點頭！尊龍調一調琴弦，試了兩下碎音，便向著眾人鞠了一個躬。

眾人掌聲雷動。
尊龍吸了一口氣，然後鄭重地說：「來了，月亮河！」
他神采飛楊地拉動琴弦，此刻整個餐廳靜下來，空氣中只有二胡沙啞感人的旋律在飄揚，眾人包括柯德莉也沉醉在樂韻之中，陶醉到閉上眼睛欣賞。

拉了一分半，眾人都享受這中樂器演奏歐西曲的演出。歌曲結尾，尊龍向四方鞠躬。眾人都喜悅到站起來熱烈鼓掌，掌聲長到三十秒仍未完，尊龍示意各位坐下，掌聲才徐徐停下來。
尊龍也坐下來，啜了一口果汁。
柯德莉此刻又鼓著沒有聲音的掌說：「尊龍老師的頭盤十分出

色。」

尊龍微笑地說：「獻醜了！」

X　X　X　X　X

夜深，在費文宅內，摩根及柯德莉已睡在睡牀上。他那邊的牀頭燈已經關掉了，他已入睡，還有輕微的打呼嚕聲。柯德莉則在看書，是中文書《唐詩三百首》。

她翻了一頁，雙目則盯著天花板，今天的事情及尊龍的面容與演奏，不停地在她腦海裏翻來覆去，令她不能集中注意力看書，也不能平靜地入睡。

她把書本擱置在一旁，再瞅一瞅在甜睡中的他，然後雙手托腮，進入沉思的狀態。尊龍的《月亮河》及話語，不斷地在她的思緒重播。

（人海茫茫，我都明白不容易找到她，太可惜了。）
（為了想豐富我的藝術生命。）
（她為此而高興嗎？她為此而發愁嗎？她是如何度過這五十年？）
（完全不會老，對她來說，是恩典？還是煎熬？）
（音樂也是藝術，是一種以生命影響生命的東西，它是有層次感及有生命的。）

她又想到尊龍在投入地演奏《月亮河》。

柯德莉的腦袋快要爆炸了。

她在想，尊龍是一位正能量的好人。

她在想，尊龍是一位優秀的演奏家。

她在想，尊龍是一位值得尊重的藝術家。

她在想，尊龍又不是懷著惡意而來。

她在想，自己對他説謊對嗎？

她又在想，是否要對他説明真相？

她又在想……

就是不能入睡。

X X X X X

劇場內，音樂會現準備開始，全場座無虛席，坐滿了華洋嘉賓，柯德莉也是其中一位座上客。

男司儀高柏菲在咪前宣布：「歡迎各位貴賓來到今天下午的音樂會，節目即將開始，現在是播放國歌，請各位站立及摘下帽子！」

全部人肅立起來。

「首先是中國國歌！」

播放《義勇軍進行曲》完畢。

「接下來是英國國歌！」

播放《天佑吾皇》完畢。

「請各位坐下！」

各人安靜地坐下來。

X　X　X　X　X

郎朗鋼琴演奏《黃河協奏曲》、《教我如何不想他》、《梁祝協奏曲》及《和平進行曲》。

X　X　X　X　X

方錦龍琵琶演奏《十面埋伏》、《靜夜思》、《琵琶行》及《豐收中國年》。

X　X　X　X　X

尊龍二胡演奏《空山鳥語》、《二泉映月》、《良宵》及《大宅院協奏曲》。

X　X　X　X　X

演奏會快要完畢，全場燈光亮著，以上三位中國音樂家及全團向台下鞠躬致謝，全場觀眾熱情地站起來不肯離開，掌聲雷動，十分宏壯。

X　X　X　X　X

下午五時半，酒店的咖啡廳，鋼琴師正彈奏《月亮河》，客人不多，柯德莉及尊龍在較少客人的一角對坐。

女侍應放下兩杯咖啡，然後恭敬説：「兩位的咖啡，請慢用！」

女侍應退下。

尊龍開啟對話道：「費文太太，你面色好像有點凝重，有要事嗎？」

「算是要事，尊！」她有點拘謹。

「嗯，甚麼要事？請道來！」他溫文關切地問。

「有點難以啟齒。」她不安地環顧左右。

「請慢慢説，我是一位很好的聆聽者！」

柯德莉吞吞吐吐地説：「我⋯⋯，我 ......，對你説了謊！」

「甚麼謊言？」

「你不是向我打聽那位終身不老的女士嗎？」

「對，確有此事。」

「我不是跟你説我不認識她嗎？」

「對！」

「我説謊了，其實那個人⋯⋯，就是我。」

尊龍瞪大雙眼詫異地説：「就是你？」

「是，就是我。」她再向他肯定一次。

「那真太巧了！」他驚訝然後又微笑説：「噢！我的天呀！我好像在做夢！」

「可能是上天的安排吧。」

「那你為甚麼向我坦白？」

她一邊思考一邊說：「我發覺你是一個充滿正能量的人，你的動機也沒有惡意，我也相信你的求知，是要豐富藝術創作的領域。而且，你會是一個我值得信賴的人。」

「多謝你的正面評價！」
「好，我就是那個終身不老的女人，尊，你想知道甚麼？」
「我沒有經驗，也不知從何入手，啊！不如你跟我簡單說，五十多年來，你都停留在廿八歲，你快樂嗎？」

「嗯，可以這樣說，起初幾年是快樂的，也有點自傲，歲月漸漸消逝，別人慢慢長老，社會悄悄地進步。」

「不知由哪時開始，我厭倦了廿八歲，不斷重複著廿八歲，心情開始低落。由快樂走向討厭，由討厭走向懊惱，又由懊惱走向悲傷。簡單說，我並不快樂！」

「噢，原來真正情況是這樣的，真是跟我想的差天共地！」
「你能理解嗎？」
「只理解少許，一下子，觀念轉不過來。」
「從政治上來說，我廿八歲時，英國首相是愛德華・希思（Edward Heath），那是一九七三年。今天，我仍然是廿八歲，但在這段期間英國已經換了十一位首相，社會在不斷前進，而我年年都只是廿八歲，自己都開始發悶了。又比如說流行文化，我的偶像「披頭四」（Beatles）都試過幾次起跌，如今部分成員也走了，但我依然是廿八歲，日子過得很無奈！」

「唔，我對此的理解，走出第一步了。」

「在朋友圈方面，打從二十年前開始，我的小學及中學同學相繼離世，怕已走了一半，但我一次喪禮也沒有出席過。我不敢去，怕用千言萬語去解釋，又怕成為朋友圈的笑話，其實想深一層，有何必要怕，還在廿八歲是我的錯嗎？我思前想後都不是，但就是沒有去過。」

「啊！如果你不告訴我，真不會理解到。」

「在科技上，在我廿八歲，經歷過有線電話由稀有變為普及，接下來是傳呼機的年代，跟著是水壺般大的無線電話，然後是今天的智能電話。唉！人類快在太空種植蔬果了，我依然是廿八歲。還有，全世界跟我有相同處境的人，只有我一個，唯一的一個，我的孤獨心境，可以向誰傾訴？」

「明白，漸漸明白！」

「我今天徹底明白，衰老原來不是必然的，眼看別的女人跟丈夫一同漸漸變老，原來很幸福的，我年年廿八歲，跟丈夫白頭到老，竟然是一件不可能的事！」

她眼泛淚光，有點鼻酸酸的感覺。

「其他的事，你仔細深入思考，便會體會到。我不善辭令，而且男女有別，也只能說到這個點了。」柯德莉也是愈說愈想流淚，但也嘗試控制。

「多謝你對我的解說！」

「有機會跟你說出我的感受，好像遇到一個知音人，現在我也好像釋放了。」

「費文太太，這個下午，我獲益良多。你說的，我會放在心上，絕對不會告訴任何人。」他認真感激地說。

「很好，你真是一位紳士君子！」

04

同年同月同日生

在費文家後花園平台，柯德莉在書寫中國農曆年的揮春，摩根從旁協助。

她剛寫完「恭喜發財」的紅紙揮春，便停下來喝一口水。

摩根微笑地把揮春拿過來説：「第二百張了，我們需要預備多少張？」

「你年年都問同一個問題，大概三百張吧，餘下的可以慢慢即場寫！」她得意洋洋地說。

還有五天便快到中國人的農曆新年，在過去的十年，市政府都會在過新年前的星期六及星期日兩天，在五月花廣場（May Flower Park）舉行新年市集，算是一個華洋交流的盛事。而每次在這個市集，柯德莉都會訂一個攤位，即席為客人寫揮春，全部收入都會捐到慈善機構。

「明天便是市集了！」他興奮地期盼。

「是，可以熱鬧兩天了！」她也開心地說。

X　X　X　X　X

在五月花廣場的入口處，懸掛著一條紅色的大橫額，上面寫著「中國農曆年市集」，有不少人扶老攜幼出入，好不熱鬧。

市集一共有三十多個攤位，包括售賣應節食品的，有賣桔樹年花的、賣新春吉祥擺設的，寫揮春的則有兩、三檔。而當中最受歡的，當然是柯德莉的攤檔，因為金髮洋婦寫揮春，是很大的賣點。

在攤檔前，有兩三個客人在等她的即席揮毫，她正在寫一張「新春大吉」。

摩根在攤位的另一角熟練地叫賣著：「過年揮春，過年揮春，買張揮春，今年行大運，買張揮春，天天豐衣足食。過年揮春，沒有價目，全數捐助聯合國『國際農業發展基金』，多買揮春，多做善事。由年頭好運到年尾，過年揮春，過年揮春！聯合國世界非物質文化遺產！」

他還興致勃勃地拍掌叫賣，十分之積極，又有幾個人停步要揮春。攤擋前放了一個大木箱，上面有一個四吋的大圓孔，前面則寫著「捐贈予國際農業發展基金」（IFAD）。

有一位客人將五鎊交予柯德莉，她恭敬地說：「投進箱裏便可以。」

客人說：「好意頭，又可以做善事，真夠意思。」

她禮貌地回應說：「善款用作研發提高糧食產量，改善窮人的營養質素，減少飢荒。」

客人再捐多兩鎊，又把錢塞進箱裏。

她便笑著拍掌道：「多謝，多謝！」

她又坐下來寫「出入平安」。

今天沒有刮大北風，只有微暖的陽光，市集內氣氛熱鬧，加上有時傳來幾陣悅耳輕快的「新春音樂」，十分有過中國年色彩，遊人都笑逐顏開。

「柯德莉媽媽。」傳來一把洪亮的男聲。

柯德莉抬頭看看，一位頭戴 Cap 帽、鼻樑架著大黑眼鏡的魁梧男士向她微笑，她未能認出此人是誰，只好微笑禮貌地說一聲「Hi」。

「摩根爸爸！」男子邊說一邊移兩步，熱情地把摩根的一抱入懷。

摩根也認不出他是誰，但也禮貌地報以擁抱道：「這位紳士是……？」

男子神氣地說：「兩位都記不得我了，我是『大籃球』呀！」

一聽到「大籃球」柯德莉便立刻放下毛筆，衝前跟男子擁抱。

「我的『大籃球』，你跑到哪去了？我想死你了！」她邊說邊流下歡欣的淚水。

摩根也記起，也撲過來三人抱在一起。
「四十年不見了，你跑到哪裏去了！」
摩根也興奮到快要滴淚。

「兩位老人家身體還好嗎？」男子拍拍兩人的肩膊問好。
柯德莉盯著眼前的男子，想起往事如煙。

X　X　X　X　X

一九九二年夏初某週六。

四十多歲的摩根及柯德莉正在後園炒中華拉麵，濃烈的香氣吸引兩位剛打完籃球經過的印度裔小兄弟，柯德莉請他們進來作座上客。

自此，兩位小兄弟每逢週末路過都進來分享拉麵。柯德莉沒有問過他們的姓名，便稱十二歲的哥哥為「大籃球」，而十歲的弟弟便是「小籃球」。

兩兄弟對他們十分尊重，也了解到柯德莉不老的秘密。

這樣維持了三個月，然後兩兄弟便沒有繼續來，消失了四十多年了。

X　X　X　X　X

往事如煙，眼前的「大籃球」大概也五十多歲了。

大籃球欣喜地說：「柯德莉媽媽，摩根爸爸，其實我很掛念你們。」

「四十多年沒見了，你跑哪去了？」摩根感慨地問。

「那年我舉家搬遷到約克（Yorkshire），我最怕對人說別離，所以不辭而別，很對不起！」大籃球真摯地說。

「我也很想你呢！」柯德莉拖著大籃球的手說。

「說實話，媽媽的中華炒拉麵，味道到今天我仍然回味無窮！」大籃球誠懇地道。

「說到我的中華炒拉麵，全英國的孩子都喜歡吃，因為我用了秘方。第一，我用最好的豉油（Soya Sauce）；第二，我加了葡萄乾及車厘子（櫻桃）乾，小孩子必然會喜歡。」

「現在聽著也流口水。」大籃球回味地道。

「對，她的中華炒麵，味道絕對有保證！」摩根豎起大拇指說。

「把 Cap 帽及及太陽鏡摘下來」她認真道：「媽媽都看不清楚你現在的容貌！」

「好的，我尊重你的要求！」大籃球邊說邊樂意地除下 Cap 帽及太陽眼鏡。

當大籃球露出真面目，圍觀的人都十分嘩然，有些更熱烈拍掌歡迎，他並非別人，原來竟是首相先生，是現任英國首相辛偉誠（Rishi Sunak）。

「我的天，是首相先生！」柯德莉驚訝到用雙手掩著面。

「啊！辛偉誠首相，不得了！」摩根大感詫異，差點站不穩腳。

到這時，柯德莉才發現首相身邊有幾個黑衣保安，而圍觀的群眾當中有一部分原來是傳媒。

「不過只是一個職位而已！」首相熱誠地拉著兩人的手道：「改變不了我們之間的感情，你永遠是我的柯德莉媽媽，而你永遠也是我的摩根爸爸！」

首相輕吻兩人的面頰。

兩人已經感動到流下熱淚。

「首相，今天承蒙大駕光臨，柯德莉，為首相先生特別寫幾個字！」摩根冷靜一下向她說。

「說的也是！」她邊說邊移步到座位邊提筆道：「我必須要寫幾隻字送給『大籃球』首相。」

「榮幸之至！」

傳媒爭相移步搶拍柯德莉寫字。

她在兩張紅紙上寫了「治國之道」及「以人為本」，便遞給首相左手及右手提著，首相自傲地拿著兩張揮春供傳媒拍照。

他向柯德莉請教道：「媽媽，這兩張揮春是甚麼意思？」

她老成持重說：「是要提醒你，要治理好國家，必須以人民為根本。聽人民的，關心人民的，重視人民的，做人民所願望的！」

「很有意思！我會把它們裱好，懸掛在辦公室，『以人為本』要時刻記住。」
「首相先生，請捐助，多少也可以！」摩根在首相耳邊說。
「對的，必須的！」首相取出三張一百鎊紙幣，慢慢地移到捐款箱前，傳媒又爭相拍照，然後他將紙幣投入箱內。

所有人都熱烈鼓掌表示支持及謝意。

首相在柯德莉耳畔低聲說：「媽媽，有機會便到唐寧街（Downing Street）十號（首相府）喝杯茶，又或是到溫徹斯特老家跟你們聚舊情，你要記住呀！」

柯德莉豎起「OK」的手勢。
首相再跟兩人輕抱道別，之後，便繼續前路。
首相離開後，柯德莉倚著摩根的肩膊感慨地說：「親愛的，時間飛逝，只有我永遠不老。」
「老伴，大家都習慣了，生老病死之事，隨緣吧。」

X X X X X

第二天下午，柯德莉正在攤檔寫揮春「恭喜發財」。
她聽不到摩根叫賣，便邊寫邊問：「親愛的，為甚麼午飯後便聽不到你叫賣？」

摩根稍為皺一皺眉說：「好像有點兒頭痛！」

她移步過去用手摸他的前額，便關心地說：「沒有發燒，我到對面街幫你買頭痛片，好嗎？」
「最好不過！」
「那你看著攤檔，我過去一會兒！」她拿起包包離開。

X　X　X　X　X

在不是太繁盛的路旁，柯德莉跟幾個人停在行人路上，等交通燈轉綠。
交通燈轉綠，他們都跨步橫過馬路，可是一輛白色轎車不依燈號停下，高速駛來，直撞到柯德莉及另一個男。她在地上橫身滾了兩個圈，其他人走前來幫忙，她已沒有任何動靜，昏厥在地了。
救護車的警笛聲由遠至近。

X　X　X　X　X

柯德莉輕輕的張開雙眼，眼前是一片耀目的白色，她嘗試用力再打開眼睛，漸漸看見摩根坐在自己旁邊。

摩根用溫文的語調說：「醒了嗎？親愛的，是我，你認得嗎？」

「老頭子，我現在在甚麼地方？」她的聲音微弱中帶點沙啞。
「大學醫院的貴賓病房。」
「我睡多久了？」
「才三小時！」

她發覺自己在病床上，便想爬起來，他卻輕輕把她按住。
「不要動，不用擔心，你沒甚麼大礙，沒有重大受傷，甚至骨折也沒有。只是腦部受到震盪，需要留院觀察一天。」他平和地説。
她摸摸自己的前額，才發現貼了醫護膠貼。

「小小擦傷而已！」他安慰道。
「我記得好像被車撞倒了！」她確認一下説。
「是，開車的酒駕衝紅燈。」
「那麼，攤檔怎樣了？」她突然醒起。
「放心，丹素找來湯美，日落前便會把攤檔收拾好。」
「有沒有鏡子？」
「可以用我的手機拍照功能代替鏡子！」他按動手機兩下道。

他把手機遞給她，她細心看看手機中自己的容貌。

「只是擦傷！真感謝上帝。」她滿意地微笑説。
「今晚我在這裏陪你，沒事的話，丹素明天過來安排你出院。」
「很好，不幸中之大幸！」

X　X　X　X　X

翌日下午，修咸頓天空一片灰濛濛，正在下著滂沱大雨。

雨水不斷拍打病房的玻璃窗，還不斷閃電打雷。

柯德莉從洗手間步出來，剛才她在裏面換了一身便服。

「怎麼丹素還未到？」她看看腕錶，焦急地說。

「大雷雨，他要小心開車，耐心點吧！」摩根邊說邊扶她穩步到沙發。

傳來響亮的敲門聲。

「請進來！」摩根洪亮地回應。

羅拔迪尼院長推門進來，手上拿著一疊醫學報告，他輕力謹慎地關門。他看一看柯德莉，發覺她已換了便服。

「現在應該未能出院。」院長面色一沉地說。

「為甚麼？」他倆異口同聲地問。

「我也不知從何說起，不要站著說，大家都坐下來說！」院長冷靜地說。

三人都坐下來。

打了一個大雷，「轟」地一聲巨響。

「發生甚麼事了？」她冷靜地問。

「我們現在還評估中，柯德莉，我也不知道，是壞消息還是好消息。從血液樣本得知，打從昨天的車禍開始，你衰老得特別快，不再是廿八歲了！」院長清晰地說。

「衰老得特別快？」兩人又異口同聲地問。
「跟車禍有關嗎？」她繼續追問。
「應該是，我們懷疑你腦部經過猛力撞擊，啟動了衰老之門，但沒有醫學根據。」

她消化一下院長的話，再詳細感受一下身體的變化。

「世上有這種事嗎？」摩根半信半疑地說。
「親愛的，你不用發愁，我五十年都希望自己會變老，如果這事是真的，我會當它是好消息。院長，具體情況是……？」她反而樂觀地說。

「按我們估計，你現在是每過一小時老一歲，那即是說，兩天後你便會由現在的二十多歲，急速地衰老到八十歲。由於世界上從未有同類個案，現在我說的，一概都是估計。」院長客觀地說。

「院長，摩根！我一直等這天來臨，希望院長說的事會真的發生，雖然我也沒有經驗，但我會樂觀面對！真的，我會安心的等它到來。」她鎮靜微笑地說。

「就因為這樣，所以不能出院？」摩根發呆地問。

院長詳細解釋道：「她全身的器官都會急劇衰老，例如心臟、血管、肺部、骨骼甚至牙齒。如果衰老的步伐不一致，又或者有我們意料不到的事情發生，費文太太便可能會有生命危險！」

「啊！有生命危險！我開始明白了！」他開始擔憂地説。

「親愛的，如果可以變老，我會很勇敢去接受這個考驗，我不出院！院長，任何事情我都樂意配合。」她沉著地説。

X　X　X　X　X

又翌日，下午天氣放晴。

柯德莉面部特寫，她閉上雙目。

金髮及眉毛漸漸變白。

眼皮慢慢起皺紋及下墜。

額頭漸漸起了皺紋。

面皮漸漸鬆弛，開始出現老人斑點，下巴也漸漸變成雙下巴，頸部也漸漸起皺。

是由二十多歲漸變到快要八十歲。

她張開雙眼，由平淡漸漸湧現微笑，她看見摩根及小占美坐在旁邊，便笑得再燦爛一點。

「睡醒了，有沒有不舒服？」摩根關心地問她。

她微笑著搖頭，然後沙啞地説：「我想看看我現在的樣子。」

他把手機遞給她，她仔細看看自己的容貌，然後祥和地説：

「很好，很好，長老了，這個樣貌才是真真正正的費文太太！」

她有點感動，想了想便淌下了幾滴淚。

「你真的是我的祖母嗎？」小占美半信半疑地問她。

她瞅了他一眼，然後又開始有少許神采地說：「中華炒拉麵！」

「你真是我的祖母。」小占美喜悅，然後移身過來輕吻她面頰：「祖母，你一直想變老，現在你得償所願了，首相叔叔也來了！」

她感到詫異。

首相邊說邊從客廳移步過來：「媽媽，我剛才在那邊為你削蘋果，我要說的話，都給小占美搶先說了。」

她露齒地笑道：「首相先生，歡迎你！」

首相提起她的手背輕吻一下道：「就算怎麼忙，『大籃球』也得來見媽媽。」

摩根溫柔地輕撫她另一隻手掌。

她開心地說：「突然，我想吃些甚麼甜甜的！」

首相神氣地說：「我拿幾小片蘋果過來！」

「好！」

X　X　X　X　X

時間不留人，十個月後。

開始是入秋季節，夜空的星月特別耀目，柯德莉及摩根坐在後園平台，兩人正在泡滴一壺咖啡。

「今天下午去超市，收銀小姐露絲幾乎不相信我是費文太太！」她邊笑邊說。

「露絲放了幾個月產假，今天是她第一次見你，當然會不相信自己的眼睛！」他明事理地說：「其他人都習慣了。」

「摩根，現在我變老了，完全消失了青春，你，你是否跟從前一樣愛我？」她盯著他問。

「親愛的，你以前沒有一秒鐘嫌棄我又老又遲鈍，現在你老了，一切又回復正常，我愛你，比任何一個時間更愛你！」他情心款款地說。

「多謝你，感謝上帝！」她吻了他一下。

「你雖然快八十歲！」他坦誠地說：「但也有八十歲的美，現在的你，人家看上去，打扮精緻，精神煥發。要慈祥有慈祥，要優雅有優雅，又大方得體，是一個很受歡迎的老太婆。」

「有這樣完美嗎？我剛才聽到月亮都『哈哈』笑了出來！」

「我算不算口不擇言？」

「我就是喜歡這樣的你，快要上天堂了，就是最令人想不到的話，你都可以説得出口，還不會眨眼睛。」

「哈哈！有甚麼底牌都給你看清楚了，你才最厲害！」

兩人「哈哈」大笑起來。

「終於可以跟你白頭偕老了。」她甜絲絲地説。

「我們是天造地設的一對。」

「又來了，我入屋拿點奶出來。」她剛想站起來説。

「傻瓜，桌上不是已經有咖啡奶了嗎？」

桌上果然有一小瓶咖啡奶。

「哈，最近記憶力差了。」

「你現在才發覺，怎麼説都好，身體健康便是了！」

「被你取笑了，失禮了，費文先生！」她一邊倒咖啡到杯子裏一邊幽默地説。

「星期五我倆生日，『大籃球』可以來跟我們一起慶祝吧？」

「他會帶太太來，還有丹素一家。」

「我好像沒有聽過，有夫妻是同年同月同日生的！」他神氣地説。

「我也沒有聽過！」她又感到幸福地説。

下星期五是十月廿四日，他倆都是一九四五年十月廿四日那天出生的。

也剛巧，在八十年前，聯合國也是在這一天成立的。

（章末字幕）

（背景是一枝紅玫瑰及兩杯清水）

（旁白：周潤發）

現代都市人

在不長不短的一輩子裏

會跟三千萬人

擦肩而過

之後便

各走東西

而有緣有分成為

伴侶

機會只是

十五億分之一

是一個天文數字

所以

有幸遇到了

找到了

愛上了

是無數個偶然中的偶然

要狠狠地珍惜

—本章完—

第三章

川流不息

本章主題曲
《川流不息》

通往家鄉的路
有時會泛起雲霧
兩旁是鮮艷的花花草草
是一條時闊時窄的路

啊　川流不息
勾起童年燦爛的回憶
此時更掛念童年舊相識

啊　川流不息

通往家鄉的路
方向不用上地圖
期待家裏爸媽的擁抱
所以某刻會急步上路

這孤雁未忘父母訓斥
真摯的愛不用粉飾

啊　川流不息
啊　川流不息

曲：待譜
詞：胡人

01

郎如春日風

田村拓哉
廿八歲
面對鏡頭開場獨白：

人生在世，到底渴求甚麼？

這是一個極之宏大的問題，關係著一個人或者一國人甚至全部地球人生命的取向及前景，但相對其他問題而言，這個問題，比較沒有標準或統一的答案。

我們勉強細嚼，人們基本的渴求，可能是成為公平、公正、公義、公開社會的一份子，活在有品德及守法則的圈子裏，在歡愉中貢獻及分享群體締造的成果。

不過，這些渴求，在相對平穩的時代，也是難以尋獲的東西。更何況，在烽火飛花的戰亂時代，我們距離這些寶貴的東西，更會是一個「遙不可及的距離」。

—此章開始—

由一九四一年（昭和十六年）十二月開始，日本展開太平洋戰爭，在短短三、四年間，已經拿下亞洲三十多個國家或地區，一時無兩，霸氣十足。

日本皇軍所到之處，無不生靈塗炭，人民家破人亡，數以十億人無家可歸，無時無刻生活在極度惶恐之中。

戰火蔓延之處，皆淪為頹垣敗瓦，城毀牆碎，災情十分之慘重。

反觀日本本土，也算不上甚麼風光，九百多萬男丁被徵召到亞洲各地參戰，剩下的都是老弱病殘、婦女及小孩，勞動力不足導致生產短缺，糧食的供應開始緊張，而家庭不完整亦令人民的幸福感嚴重下降，唯一一點能支撐人們心靈的，是全民對天皇的效忠，所以咬緊牙關過日子也願意撐下去，心靈尚有了點兒充實。

一九四四年夏季，由於糧食嚴重短缺，政府呼籲國民到處種植紅薯。

無論運動場、山間斜坡、馬路兩旁或甚屋旁牆角等，到處皆見紅薯，而且還大印單張，宣傳紅薯全身是寶，根莖葉都可以拿來食用，營養豐富。

其糧食供應之艱難，情況由此可見一斑。

尚幸未出現嚴重的通貨膨脹，在當年日本貨幣最低額是一錢硬幣，之後是十錢硬幣。每一百錢等於一元。市面上有很多東西及服務都用不上一元那麼昂貴，例如豆沙包一個值五錢，天婦羅飯一客三十錢，而理髮一次只需五十錢等。

這年夏天雨水並不太多，在京都花見小路一角，有一間宏志雜貨店。下午的生意不太旺，老闆大川美清伏在櫃枱上打瞌睡，面前還擺放著一把葵扇。

「給我來一包朝日香煙！」一把男聲把他喚醒。

他睡眼惺忪地隨手拿起一包煙遞給那個男的，無精打彩地吐了兩個字「十錢」，便跟著繼續追尋他的午夢。

男子放下銅錢，便拿著煙吹起口哨離開。
微風輕拂，風鈴懶洋洋地「鈴鈴」響了幾下。
「大川老闆！」傳來一把溫柔甜美而熟悉的女聲。
老闆立刻神采飛揚地瞪大雙眼，張口微笑道：「啊！原來是裕子小姐，雅也也來了，今天想要點甚麼？」

他的眼前人是用右手提著太陽傘的中山裕子。裕子今年廿三歲，樣貌清純秀麗，而她充滿陽光璀璨的笑容，更是令人精神煥發。站在她旁邊是穿著中學生校服的福山雅也，雅也是裕子的小叔（丈夫的弟弟），今年十六歲，長得眉清目秀，外表散發出無比的正能量。

「要一包十公斤裝的大米，有勞你了！」裕子客氣地說。
「啊！十公斤大米，算你兩元。」老闆一邊在找貨一邊說。

雅也關心地問：「老闆的腰痛康復了吧？」
「托賴，不颳風下雨還好。」老闆邊將一大袋米遞給雅也邊笑著說。

雅也接過大米，便跟裕子彎下腰向老闆告別。
老闆目送兩人，更自言自語地說：「真是一個大美人，可惜命水（命運）不好。」

X X X X X

在花見小路另一端，其中有一間叫「福山西服」的店面，是福山家族代客訂造西服的生意，專門為客人度身訂造西裝或歐美款式衫褲，經營至今已逾半個世紀的歷史。

正門是兩扇磨砂玻璃的大門，客人推門而入，可以看見裏面約是一百平方米的店面，有四分之一面積陳列各國進口的布料樣品，餘下是左右兩面是長及地面的鏡子，招待客户的空間及設置兩部衣車的工作間，牆上掛著一張日皇裕仁不大不少的黑白照。

此乃典型的前店後居房子，甚少人知道店後面還有一個約一百五十平方米的家居，裏面設有起居室、廚房、廁所及四個臥室，空間算是寬敞舒適。

年約五十餘歲的福山太太，自從丈夫福山康宏兩年前去世，她便支撐了這家西服店，也算得上是祖業第三代傳人。她仍然是保養得相貌精緻及大方雅氣，如果跟兒媳婦中山裕子坐在一起，人們還以為她們是兩姊妹。

這個下午，懸吊天花的「十字型」電風扇在不快不慢的速度旋轉，泛起細小的微風。

在吊扇下，裕子正為一位五十歲的壯年男子川端校長量度尺寸，而福山太太則負責在訂單上記錄下來。

這位川端校長雖然表情輕鬆，但渾身都散發某種攝人的威嚴，他是京都正仁中學的現任校長，頗有人脈關係及社會地位。

裕子用軟尺正在量度校長的頸部，然後向福山太太認真地說：「頸寬度，廿八。」

「是，廿八，很好，校長先生，多謝配合，已經量度完成了。」福山太太一邊記錄一邊恭敬地說。

裕子請校長在沙發上坐下。

「福山太太，最近生意如何？」校長啜一口茶關心地問。

福山太太裝作從容地說：「大家都為打仗忙，最近的生意一般一般啦！」

「打仗嘛！是國家頭等大事，為日本帝國而戰，就算『一億玉碎』，全國一億人民都粉身碎骨，也要完成天皇給我們的使命，攻下整個亞洲！」校長激動帶神氣地說：「你們說是不是！」

裕子及福山太太都敬畏地點頭說：「是！是的！」

「聽說，你的長子雅台也上了前線，是否有其事？」校長關切地問。

福山太太不敢展露哀愁，她只平淡地說：「是的，三個月前在泰國犧牲了，屍首尚未找到。」

裕子也極力強忍眼淚。

「出色，你兒子十分出色，用鮮血及性命獻給國家的未來！」校長站起來在說教地道：「福山太太，不要感到任何悲傷，你們應該感到光榮，要完成天皇給我們的付託，構建大東亞共榮！」

福山太太強裝認同觀點回道：「是，要完成天皇的付託，犧牲得光榮。」

裕子也木訥地點頭。

「思想正確！我們三個一起跪拜天皇。」校長強烈建議地說。

兩位女士恭敬地回應「是」。

三人一起在天皇的照片下屈膝跪拜，一共拜了三次，每次下跪時校長都恭敬地喊叫「天皇萬歲」。

跪拜完畢，三人都站起來。

「我也以你們為榮！日本人化悲憤為力量！」校長自豪地安慰。

兩位女士又恭敬地回應「是」。

「很好，我是否月底來試身？」校長稍為寬容一點問。「要交多少訂金？」

「不用了！」福山太太大方地說：「你是相熟客人，不用了。」

「也好，五十元，那就一次過結吧！我有事要回學校了。」校長邊道別邊拉門跨出去。

兩女士異口同聲說：「多謝光臨，小心走路！」

吊扇仍在旋轉，兩人鬆了一口氣，疲累地坐到沙發上。

「唉！真是一個不折不扣的『好戰派』！」福山太太不吐不快地說。

「不就是嘛！是我死了丈夫，又不是他死了兒子，還說甚麼光榮，最好把雅台還給我！」裕子邊說邊滴淚飲泣道。

「我也只好強忍，要不然，給他冠上一條『判國罪』就是非多多了！」福山太太帶點悲憤地回。

X　X　X　X　X

離開「福山西服」約三百米的一段花見小路，有一間園林式的「方澤咖啡店」，園景的位置擺放著十張四人桌，左右兩旁各有五張桌，兩列桌子，中間留有一條寬闊的通道，室內則有六張桌及寬裕雅潔的櫃枱。

老闆方澤賀仁約五十來歲，身穿夏威夷襯衣，散發出濃烈的西洋味道，因為他是昭和時期其中一批留美的大學生。老闆娘秀子是一位高鮡的美女，身穿天藍色和服在處理單據，嘴裏卻哼著和此刻店內正播放的《田納西華爾滋》（The Tennessee Waltz）爵士樂，而在空氣中飄逸的咖啡香氣，跟翠綠的園林雙映成趣，為初曉的清晨帶來一個浪漫的開始。

京都的夏日，是桔梗花盛開的季節，滿園鮮艷高冷的紫色花朵，帶來一絲絲濃厚的文青風味。

方澤的獨女正美，此刻像半行半舞地輕輕抹拭園林的桌面，似乎在工作中也帶著輕柔的節奏。

正美今年廿三歲，有母親高鮡身材的優良遺傳，身高一點六八米，剪了一個短髮，笑起來兩頰都是酒窩，格子恤衫配上米色西褲，看上去便是一位大方而活潑的時尚少女。

「我來了！」是裕子的聲音，她兩手拿著一個盛滿紅豆糕的托盤走到正美跟前。
「早上好，我的大美人！」正美示意她在桌上放下托盤，兩人便熱情的擁抱在一起，久久也未放開。

打從兩年前開始，裕子便把她拿手的紅豆糕交到咖啡店寄賣，每塊可以有三錢的利錢，每天交來廿塊。如果全部都售罄，便總共可賺取六十錢，算是幫補一下福山家的家計。

裕子及正美是京都正仁中學的同班同學，兩人感情十分要好，情同姊妹，而且福山家及方澤家的關係一直都十分良好，所以兩人更是無所不談的閨蜜。

此刻，兩人邊笑邊坐下來。

「很久沒看見你笑得那麼燦爛！」正美關心地說。

「出門前，聽電台說了一個笑話，心情也就明顯暢快起來了！」裕子輕鬆地回。

「是甚麼笑話，說來聽呀。」

「啊！是跟禪學有關的，『一個和尚有水喝，兩個和尚挑水喝，三個和尚沒水喝』，我便笑得人仰馬翻，哈哈哈哈！」

「這個笑話很簡單，又陳舊，值得你去笑得那麼厲害嗎？」

「正美，想通了，人生不外乎就是愈簡單愈好，如果把甚麼事情都極之認真及十分複雜地去看待，我們很容易會想壞腦，你說是不是？」

「說的也是，我也聽過有些智者說，『簡單就是幸福』。」

「就是，唉！昨天川端校長來我家訂造西裝！」

「啊！那個『黑面神』校長，我足足容忍了他六年！六年了，我未見他笑過一次！」

兩人又「哈哈」大笑起來。

方澤老闆移步過來，愉快地向兩人說：「我有一個好消息。」
「世伯，好期待呢，請說！」裕子禮貌地站起來。
方澤老闆客氣地把她按回座位。

「你的紅豆糕很受歡迎，每天不到下午兩點便賣個清光，裕子，從明天開始，每天多交十塊過來，沒問題吧？」

裕子恭敬地回：「沒問題，多謝方澤老闆關照！」
裕子及正美都歡呼至拍起手掌來。

X　X　X　X　X

這個下午，在西服店內，福山太太開動衣車做西服，裕子則翻看時裝雜誌；雅也剛放學回來，還穿著校服在狂嚥桌上的紅豆糕。

「吃慢一點！」裕子關心地說。
「對，又沒有人會跟你爭！」福山太太除下鼻樑上架著的眼鏡，輕淡地責備著。

雅也喝一口水說：「大嫂泡製的紅豆糕，味道實在好到難以招架。」

外邊傳來兩次「咯咯」的敲門聲，一把熟悉的男聲在外邊叩道：「有沒有人啊？」

福山太太及裕子對望，兩人都認為這把男士的聲音有點熟悉，但同時亦想不起是誰。

「是，請進來吧！」福山太太大方回應。

店門被「咔嚓」一聲推開，進來的是一位穿著黑色套裝的青年。

福山太太站起來詫異地說：「啊！田村先生！」

裕子也驚喜地叫：「是拓哉表哥！」

那人恭敬地鞠躬說：「對，是我，福山嬸嬸，裕子，這位應該是雅也，我從東京回來了，打擾幾位了！」

福山太太移步過來熱情地說：「快進來，快進來，拓哉，別呆站在門口。」

「表哥，歡迎你回到京都。」裕子也恭敬地說。

雅也也讓一下身，然後客氣地說：「表哥，這裏坐，這裏坐！」

田村再向大家禮貌地點一點頭，此刻大家才留意到他手持一盒包裝精美的禮物。

X　X　X　X　X

店後的起居室，約有八十平方米面積，是簡約的西洋裝修，傢俬以木器為主。

拓哉在雅台的靈位前插了三枝香，然後雙手合十彎腰拜三次。

他面色沉著地說：「雅台，一路好走！」

這位田村拓哉今天穿著黑色套裝繫上黑色領呔，他今年廿七歲，面容雖然略顯偏瘦，但神色十分敦厚而且俊朗，也帶點優雅的書卷氣，一看便感到是知書識禮的知識份子。

其實他跟裕子是表兄妹關係，他比裕子年長四歲，家裏在通往清水寺的一年坂（斜坡的巷道）經營手禮店，他已是第三代了。他跟裕子是青梅竹馬，對裕子也有傾慕之意，自從裕子交上他的學弟雅台，兩人更擦出愛情火花，他也只好把對裕子的心事放下，順其自然地做到君子有成人之美。

「兩位節哀順變！」拓哉恭敬地向福山太太及裕子安慰道。

兩人也點頭回敬。

「有心，有心，坐下來喝口茶吧！」福山太太大方地說。

拓哉在兩人對面坐下來，點了點頭，啜了一口茶。

「嬸母最近身體好嗎？」

「托福，還好，還好！田村老先生老太太身體好嗎？」

「托福，家母還很靈活，家父的風濕比較讓人擔心，每逢天氣變化或颳風下雨，他便容易雙腿發麻。」

福山太太禮貌地說：「年紀大了，總會有這樣那樣的毛病，你代我問候兩位老人家。」

「有心，有心！」

裕子也關心地說：「那讓表伯父多點休息吧！」

「這也是我從東京回來的原因，可能是時候，要代父親挑起家族生意的擔子！」

福山太太誇獎地說：「你年青又有才幹，他老人家必定可以放心。對了，最近東京的情況怎麼樣了？」

「東京也不怎麼好，國家打仗，糧食緊張，大家都挖空心思找種紅薯的空間。肉食供應也十分短缺，現在政府也批准人們在東京經營養豬場，聽說一共發了二百多個豬場牌照，唉！四處都是臭氣薰天的，讓人透不過氣來，所以，我個人其實不同意戰爭！」拓哉詳細解說道。

「唉，連東京都也弄到這個田地，往後的日子如何，真是令人難以想像！」裕子失望地說。
「這也不用太擔心，我總有一種感覺，這場戰爭總會有完結的一天，而且也不用等待很久很久，總會有一天，和平之聲又會在這片國土響起來。」拓哉心裏充滿期望地說。
「但願如此！」福山太太也同意說。

裕子凝望眼前的田村拓哉，十分敬佩他的陽光理念，更敬重他的仁厚觀點。丈夫雅台剛在陣中戰亡，喪夫之情才剛剛稍為平伏，又降臨一個如意郎君。

這是上天對她的補償？還是上天給予她一個考驗？自己要遠離這個男人？自己要不要抗拒這個男人？抑或順其自然？在這一刻，她是否想多了？她面前是一個又一個的謎團，而在這一刻，她感到田村拓哉像是一陣風撲向她，而且，這陣風更像春日的風。

02

｜意中人｜

福山西服店門外，拓哉正要告辭。

他彎腰恭敬地說：「兩位，不用送了，我很熟悉回去的路，請回！」

福山太太笑容滿面地說：「那我們也就不送了。」

裕子恭敬禮貌地說：「很感謝你的禮物！」

「啊！那是一盒比利時巧克力（Chocolate），我記得嬸母最喜歡吃巧克力！」

「你真有心！」福山太太笑得更燦爛。

「記得跟表伯父說，下星期過來吃晚飯。」

「一定，一定，兩位請回。」

拓哉禮貌地移步走，兩扇門慢慢關上。

陽光溫煦地照到他的面上，他最愛京都的夏天，邊哼著碎音邊似跳舞地踏步，突然遠處傳來一陣喧鬧聲，他發現有幾個人在方澤咖啡店外圍觀。

他走到人群看個究竟，見方澤老闆跟幾個青年人在爭吵。

「我就是不交保護費，看你可以怎樣！」方澤老闆面紅耳赤地說。

其中一個像首領的年青人傲慢地回道：「不交保護費可以，各位手足，把這家店搗得稀巴爛！」

「好！」幾個同黨異中同聲回應，並準備用鐵枝搗亂。

「停手！」拓哉從人群中毅然站出來制止。

那個首領立刻怒喝：「你是甚麼人，竟敢多管閒事？你給我滾回去！」

「收保護費是嗎？」拓哉毫不客氣地叫了出來道。

「小哥兒，此刻如果你閃開，我便不跟你計較，否則……！」首領從胸口處拔出一把不長不短的大刀，刀光閃閃光亮，圍觀的人無不嘩然。

「哈哈！」拓哉從容地說：「好，今天我就讓你一把刀。」

首領揮舞大刀得意洋洋地說：「你想我先斬手還是斬腳？哈哈哈哈！」

在旁的正美立刻用身護著拓哉，然後鎮靜對那首領說：「你不要傷害這位先生，把刀收回去！」

拓哉慢慢推開正美到老闆身後，然後對首領認真地說：「這一回要我出手是避不了，如果是男人的，便一對一！」

「一對一，老子怕你膽生毛，手足，我倆一對一，大家聽清楚，一對一，誰也不許動手幫忙。」

「是！」眾同黨齊聲回應。

「好！不要弄髒這家店，走出來較量。」拓哉嚷其他人移步走開道。

拓哉走到路中心，首領則持刀跟著，就在咖啡店十米外停下來。

「請出招！」拓哉神氣地說。

領頭的用刀向他劈了兩下，一刀左一刀右，都讓他及時閃身避開。

刀又向下掃，他躍起兩次避開。刀又向上掃，他又往後縮避開。

眾人都瞪大瞳孔地看。

「本來我一向都主張，日本人不打日本人的，看來今天要破例了！」拓哉毫髮無損大義凜然地說。

「小說廢話！」對方也不屑地說。

拓哉「叱」一聲大叫，身體一躍一起，身子騰到半空踢中刀柄，第一腳踢開對方的手中刀，刀子在半空翻滾，第二腳令刀子「噗」一聲直插在老樹的樹幹上動也不動。

眾人都興奮得鼓起掌來，一時叫「好」之聲響不停。

此時拓哉往對手連出八次快拳，每拳都擊中對方胸口。他又使出右腳向對手下盤橫掃，對方中招，背向天空倒在地上。

他騎著對方的背，執起對方的右手一拉，然後停在半空。

其他同黨欲上前幫忙。
首領大聲呼喝阻止：「不要上來，一人對一人。」
拓哉淡定地說：「遵守諾言，還算是個君子，此刻如果我將你的右手往後再壓，一定會斷！」

對手竟然哀求道：「放過我，我認輸了，認輸了！」
拓哉把對手的右手鬆開，自己站起來用手拍拍身上的灰塵。
眾人大力鼓掌及叫「好」之聲此起彼落。
「以後都不許收任何保護費！你聽清楚了！」
「是！不收保護費！」對手邊爬起來一邊恭敬地說：「未請教高姓大名！」
「田村拓哉！」
「小弟是中川正一！」

X　X　X　X　X

兩小時後，拓哉步向一年坂老店的方向走，沿途的商戶都鼓起掌來，他對這種掌聲似曾相識。啊！記起了，原來六年前他獲得全日本自由搏擊金牌時，曾經聽過這種熱烈歡呼的掌聲。看來，剛才發生的事件，已經傳遍半個京都了。

拓哉一邊走一邊點頭微笑表示謝意，街上不了解情況的旅客，還以為這條步行街，今天來了一位影響力巨大的電影明星。

他在田村手禮店停下，此刻客人不多不少，他便高喊一聲「我回來了！」

父親田村壽仁向他輕聲責備道：「回來還不夠兩天，又在外邊惹事了！」

田村壽仁今年約六十歲，一看便知是正人君子，他身穿和服，面上滿是皺紋，正在店內忙前忙後。

拓哉稍為提高聲線解釋道：「父親，我也是迫不得矣才出手，也沒有傷及任何人。」

父親簡潔地說：「你哪一次生事，是找不到理由的，我六十三了，可以管教你的年月也不多了。」

他皺一皺眉回道：「這兩三年，你老是用年紀大來要脅我。不要操心了，不要還當作我是小孩子教訓！」

「教訓？別人六十歲已經抱孫兒了。」

「拜託你一件事！」他又轉回恭敬的態度。

「是甚麼事？」

「是這樣的……。」

X X X X X

清晨八時正，方澤咖啡店園林的十桌已經坐滿了客人，他們年紀比較大，有男有女，大部分穿和服，只有三幾個穿西服。他們都是花見小路、一年坂、二年坂及三年坂店鋪的老闆或負責人，大家面前都有一杯清水。

近門口的一張桌坐了四個人，分別是方澤老闆、福山太太、大川美清老闆及田村拓哉，而裕子及正美則站在兩旁。

正當眾人在閒談之際，中川正一踏進來，他身後有二十多個穿黑衣的大漢跟隨，由於有如臨大敵之勢，眾人都靜了下來。

中川稍微喘氣恭敬地説：「差點便要遲到了，各位好！」

一片雅雀無聲。

中川難為情地強笑了片刻。
拓哉邀請地説：「正一，過來這邊坐。」
正美搬出一張椅子給中川坐下。
「謝謝，幾位早上好！」中川禮貌地説。
「早上好！」同桌的幾位老闆異口同聲地道。
「中川正一，你是否願改過自身，以後都不作惡，不收保護費？」拓哉提高聲調強調地説，由於沒有雜音，在座的人都聽得一清二楚。
「是，以後改過自身！」中川誠懇地説，説時面露悔疚之情。
「你們都年青力壯。是否願意為京都服務？」
「願意。」
「是否願意從低做起？」
「願意。」

「例如做搬運工人？」

「願意，只是我們沒本錢，沒關係人脈！」

「這裏我先借你們五十元作起動資金，至於人脈關係，都坐在這裏了，你懇求他們吧！」

中川正一立刻站起來彎腰說：「請各位老闆給予機會，我定當盡心為各位服務。」

全場沒有一點兒反應。

中川向眾同夥說：「各位手足，全部向老闆們下跪！」

他與全體弟兄都向店內下跪，身體向前面地上趴下來。

「我說一句，大家也跟我說一句！」

「是！」

「我京都凡民一個！」

「我京都凡民一個！」

「以忠義為本，以孝順父母為先，和睦四方，以善為上。」

「以忠義為本，以孝順父母為先，和睦四方，以善為上。」

「覺今是而昨非。」

「覺今是而昨非。」

「今定當竭己所能，為京都服務，為人民服務。」

「今定當竭己所能，為京都服務，為人民服務。」

「不論辛勞，不論流汗流淚流血，必不有違所託，所託必達。」

「不論辛勞，不論流汗流淚流血，必不有違所託，所託必達。」

「為安家樂業，為一飯一粥，希望各位老闆支持。」

「為安家樂業，為一飯一粥，希望各位老闆支持。」

全體座上客沒有反應。

良久依然沒有反應。

大川美清站起來舉起右手大聲呼叫：「我支持！」

另一位男老闆也站起來叫：「我支持！」

全體老闆都紛紛站起來叫：「我支持！」

裕子及正美彼此互望興奮地笑。

中川等仍未敢抬頭。

X X X X X

這一晚，拓哉陪同父母到福山家晚膳。

他父母並排而坐，母親身穿和服，體態稍胖，從鄉間到京都嫁給父親，一生從未上過學，算是一個文盲。此刻各人都吃飽了，晚膳快要結束。

福山太太熱誠地問：「我見各位差不多也吃飽了吧？」

「飽了，表親家，今晚的酒菜實在太豐富了，感謝你們的款待！」田村壽仁點頭致謝說。

「家常飯，只是家常飯，不用客氣。裕子，把桌上的收拾一下，準備上甜品吧！」福山太太方地説，之後邊向裕子瞄一下。

「是！」裕子立刻站起來收拾。

「我也來幫忙！」雅也也站起來幫忙。

兩人靈巧地收拾桌上的碗筷及盤子，動作很順暢。

「拓哉快廿七了？」福山太太好奇地問。

拓哉點頭說：「嬸母，我快廿八歲了！」

「這些年在東京有談戀愛嗎？。」福山太太期待地問。

「在大藏省（財政及稅務部）的工作很忙，沒有時間談戀愛。」拓哉微笑說。

「談戀愛的事，你可能不焦急，但表親家兩老實在很焦急，你知道嗎？」

「不就是嘛！」田村老太附和說。

「一世人總是吊兒郎當的，都是表親家了解我們的心事！」田村壽仁半責備地說。

拓哉帶悔意地說：「要幾位長輩擔心，拓哉實在過意不去！」

「每次我跟他提及此事，他都說在京都已經有意中人。」壽仁無奈地說。

「那太好了，有意中人是好事，是哪家的小姐？」福山太太追問。

「他說，在京都的意中人是……」

田村壽仁說到這裏，突然「砰」地一聲，裕子滑手丟了一個小碟在地上。

「不好意思！」裕子道歉中帶點分神的態度。

「小心不要弄破手！」福山太太關心地說。

「是！」裕子彎身到地面拾玻璃碎。

「繼續，他在京都的意中人……？」

田村壽仁簡潔地說：「他說，他在京都的意中人是……，是私人的秘密，一字也不會說。」

「啊！哈哈，年青人有年青人的想法。」福山太太扮作無所謂地說。

拓哉面紅耳赤地說：「家父一碰到酒精，有時便會不停地說話。」

「哈哈哈哈！」全體都哈哈笑起來。

「上紅豆糕了！請幾位慢用！」雅也端來一盤紅豆糕放到桌中間。

「很好賣相呢！老頭子，吃紅豆糕吧，塞滿嘴便不會不停說話。」田村老太太幽默地說。

大家又哈哈笑了起來。

壽仁認真看一看桌上的紅豆糕，然後向拓哉說：「我的好兒子，看來這紅豆糕會很可口，你動一下腦筋，包裝一下，把它拿到這一帶的手禮店去零售。」

裕子謙虛地回：「那太好了，可以增加銷路，我擔心紅豆糕只能擺放一天。」

拓哉穩實地說：「可以考慮加點防腐劑，其他人的和果子也會這樣處理。有一種食品防腐劑叫山梨酸，是無色無味的，相信也不會影響紅豆糕的賣相及口感，加了適量的山梨酸，相信擺放三天也可以。」

福山太太感興趣地說：「這的確是個好點子，裕子又有機會大顯身手了！」

裕子點頭回道：「是的，那可以每盒六件，需要一個精美的包裝盒！」

「我嘗試去設計！」雅也陽光地說。

大家都拍掌贊成。

X X X X X

在二年坂步行街，人流不算很旺，中川正一推著雙輪木頭車送貨，有一位手足伴行幫手扶穩貨物，兩人都穿上寫有「中川運輸」的黑色 T-shirt，頸上圍了一條白色的大毛巾。

「小心，請小心，麻煩讓一讓！」正一及手足不斷提醒路人注意安全。

手足肯定地說：「哥，是這家了！」

「早上好！老闆！」正一向裏面的老闆恭敬地說：「四箱和果子，放哪？」

「放到店後去！」老闆神氣地說。

「是！」正一及手足把貨搬到店後，然後叫老闆簽收。

他倆神色歡愉地繼續推車送貨，有時不斷跟經過店鋪的老闆們叫「早上好」。

X　X　X　X　X

這一夜，在裕子日式榻榻米的臥室，裕子及正美都穿著日式睡袍在傾談，這也是一個習慣，每個月當中，正美總有一兩天過來睡。

兩人坐在榻榻米上，輕聲說大聲笑。說到田村拓哉打敗中川正一那天，正美更是眉飛色舞。

「你表哥好像懂輕功似的，只見他一躍而飛，一腳踢甩對手手上的刀，然後再向刀柄猛力一踢，大刀便『噗』的一聲插入老樹幹上，他自己則施施然平穩地著地，就是三秒鐘的事，現場立刻掌聲雷動，圍觀的此起彼落地叫『好』！」

「沒有這樣厲害吧？」裕子半信半疑地說。

「不看見的人是不會相信的。」正美十分欣賞地說。

裕子用略帶不正經的口吻說：「老實說，你是否喜歡上我表哥？」

正美裝作神秘地趟開房門，探頭出去左顧右盼，然後閉上房門。

「你過來，我跟你說個天大的秘密。」正美示意裕子把耳朵挨過來。
「甚麼天大的秘密？」裕子期待地問。
怎料正美突然雙手緊抱著她，並且在她耳邊笑說：「其實，我是喜歡女的。」

正美還假裝要強吻她，嚇得她拼命地爭脫，兩個人「哈哈」大笑倒下榻榻米上，翻來覆去，好不惹笑。
「放開我吧，姑奶奶！」裕子一邊爭脫一邊喘著氣笑說。
此刻正美鬆開雙手，自己也喘著氣地「哈哈」大笑。

靜了片刻，正美毅然地說：「裕子，其實你才是喜歡你表哥的！」
裕子細想地說：「我表哥的確是一個優秀的青年，但在我的心裏，是沒有空間裝載他了。」

正美認真地看著她。
裕子轉過身，在書桌上把雅台的遺照拿下來，然後很珍惜地抱入懷裏。
裕子略帶哀愁地說：「雅台雖然在戰役中陣亡了，但在我的內心深處，他還是鮮明地活著，並沒有離開我。我永遠都記得，他準備入伍的那個下午！」

倏忽傳來幾輛軍車的引擎聲及人聲。

X　X　X　X　X

在民政署前，停了幾輛大軍車。

被徵召入伍的男青年，他們手持一大包一小包的，正在排隊魚貫地步上軍車。

一陣烈風吹過來，刮起一片沙塵。

百多名群眾手持日本國旗在揮舞著。

廣播器傳來幾句口號：「壯士們，提起精神上前線，此行不勝無歸。大日本帝國萬歲！大日本帝國萬歲！大日本帝國萬歲！」

穿著和服的裕子跟穿便服的雅台，手牽手地依依不捨。

裕子強忍眼淚說：「雅台，你千萬要小心，要安全回國，我一直在京都等你回來，然後我們生十個兒子。」

雅台神氣地說：「是的，你在京都等我，我會安全回來，跟你生十個孩子。」

「你上了車，便不要回頭望！」

廣播器又傳來聲音：「壯士們，要入營了，是時候上軍車了，上軍車了！」

此刻，女士們叫喊丈夫或男朋友名字的悲哀聲音此起彼落。

「二郎，二郎！」

「守仁！」

「松井，松井，安全歸來，我等你！」

「吉川，吉川！」

「孝幸，我等你！」

雅台鬆開手，望了望裕子，便頭也不回跳上了軍車。

裕子流著兩行眼淚向愛人背影揮手。

廣播器又叫口號：「大日本帝國萬歲！大日本帝國萬歲！大日本帝國萬歲！」

裕子已哭成淚人。

幾輛軍車「呼呼」地猛烈開動引擎駛動。

對面有幾十隻烏鴉嚇至拍翼飛半空，是不祥之兆。

漸漸人群無聲地揮舞國旗。

軍車也無聲地遠去遠去。

X　X　X　X　X

裕子捧著雅台的遺照，仍然傷心地盯著照片。

「說的也是，裕子，我的確沒考慮到你喪夫的痛。」正美拍拍裕子的肩膊。

「是的，所以我的心容不下其他人。」裕子苦笑地說。

「那麼，你也不必去爭了，你表哥便留給我好了，我們打勾勾。」正美裝作壞蛋的笑容。

「說了整晚，你就是想和我說這一句！」裕子舉起右拳要打人狀。

正美被嚇至站起來左閃右避，兩人你追我逐，嬉笑聲震天。

03

順水推舟

這個上午，拓哉、裕子、正美及雅也一行四人，來到京都嵐山的山腰野餐。嵐山是這裏的著名觀光點，春賞櫻秋賞楓，也是古代貴族大官們大宅的熱門選址。

草地上鋪了一塊紅白格大布，上面放著蘋果、香蕉及柑子等水果，有樽裝可口可樂及多款飲料，當然少不了牛油、果醬與方塊麵包，看來正進行一場野外盛宴。

雅也在放風箏，其他人有時看到也為他打氣，「高一點，高一點，高一點！」，大家都十分投入。

拓哉站起來擴胸深呼吸三數下，然後指著山下興奮地叫：「呀，下邊就是渡月橋，好漂亮呢！到山間來鬆一鬆，的確是很舒服呢！」

「還好今天沒有其他人，整遍嵐山都是我們的了！」裕子也大叫地說。

正美也笑著説：「我們等待回程，可以走渡月橋呢！」

此刻，雅也收好風箏，跟拓哉一同移步過來坐下。

「楓葉開始轉黃，看來現在是秋初了，日子過得真快。」拓哉拿了一個大蘋果放到嘴裏咬。
「很期待看遍山是紅的季節，如果跟自己的愛人走在其中，應該很浪漫！」正美忽發奇想地笑。

「看來有人到了發情期。像一隻思春的雌馬向天空嘶叫嘶叫。」雅也感慨地說。

「你怎麼可以這樣形容我！」正美半怒半笑地說。
「大小姐，我又沒有指名道姓説是閣下，請不要自己對號入座，哈哈！」雅也幽默地笑説。

裕子跟拓哉捧腹大笑。
「姑奶奶，明天我安排你相親，介紹幾個帥哥給你！」裕子譏諷地說。
「去你的，我給你介紹幾個帥哥才是。」正美笑著反擊道。

「唉！不行了，剛才吃得太多東西，這個蘋果，咬了兩口便吃不下去了，怎辦？」拓哉苦著臉看著手中的蘋果大半天。

正美一言不發，把拓哉手中的蘋果搶過來，她看著手中的蘋果説：「這個可惡的蘋果，我要咬你了！」

裕子跟雅也詫異地互相對望一下，拓哉露出半信半疑的表情。
「不要浪費嘛！」正美果然將手中的蘋果咬了一口，很自在地嘴嚼著。
裕子看一眼正美，又看一眼拓哉，便「咔咔」大笑起來說：
「從甚麼時候開始，你們兩個變得那麼親密！」

正美毫不理會地大咬蘋果一口，若無其事地咀嚼，拓哉則變得面紅耳赤。

X　X　X　X　X

上午的一年坂，遊客開始漸漸多起來。正美及母親都穿著素色的和服，她親切地牽著母親的手臂在斜路上走著，剛走到田村家手禮店前。

正美見拓哉父親在拍手叫賣，便恭敬地上前打招呼。

「田村老闆，你好！」
「啊！是正美小姐，還有方澤太太，你們好！」田村老闆熱誠回應。
方澤太太也恭敬地點頭。
「拓哉哥在嗎？」正美微笑地問。

田村老闆也微笑説：「他剛到車站那邊見客！」
正美欣賞地問：「真勤勞！」
「他中午回來，找他有事嗎？」

「也沒甚麼，家父叫我順路說一聲，請他有空到咖啡店聚一聚。」
「好的，我會告訴他的，你陪媽媽去拜神嗎？」
「是，打擾你，我們告辭了！」
「再見！」田村老闆揮手告別。

方澤太太也揮手告別，正美又牽著媽媽的手寫意地離開。
田村太太從店內走到店前問丈夫：「那個是方澤家的女兒嗎？很漂亮呢！」
丈夫隨口便說出來：「是，是方澤的獨女正美，不要想太多，你的兒子沒那個福氣！」

田村太太仍然探著頭看方澤母女的背影，羨慕地說：「真是一個很出眾的女孩！」

X　X　X　X　X

下午時分，方澤老闆跟拓哉在咖啡店內對坐，他正往拓哉的玻璃杯內傾注白蘭地（Brandy），室內立刻酒香四溢。

拓哉盛讚地說：「這是法國的，味道很香很濃烈。」
「找你來陪我喝兩口，你不要見笑！」方澤倒了三分一杯，放下酒瓶說。
「不必客氣，來，飲杯！」
「飲杯！」

兩人碰杯，然後淺嚐杯中物。

「的確是好酒！」

「你喜歡便喝多一點！」

拓哉好奇地問：「現在是戰爭時期，國家不鼓勵用糧食釀酒，我也半年沒有嗅過酒香了，你這些佳釀是……？」

「啊！我有幾個大學同學，後來去了法國深造，他們每次回國都給我帶一瓶，這種白蘭地，我好像還有五、六瓶呢！」方澤神氣地說：「不過，我只跟知音人喝酒！」

「太抬舉了，成了你的知音人！」

「老實說，我方澤是不怕那群壞蛋，不過我見你的處理手法很高明，不止是治一時之患，更是一個治本的謀略。現在壞蛋沒有了，而貨運人手短缺亦解決了，你這一招真妙，我佩服佩服。」方澤滔滔不絕認真地說。

「只是小事一樁，給方澤老闆美言了！」拓哉謙虛地說：「你留學美國，是三十年前的精英，我只能望你項背。」

「你真謙虛，說來也有點慚愧，也有點遺憾，現在日美是敵國關係，在這個動盪的年代，我也只能低調一點，捲縮在京都賣咖啡，唉！」方澤有點惋惜地慨嘆。

「確是有點可惜，不過以我看來，戰事快要到尾聲了。」

「何以見得呢？」

「啊！沒有理據，只是第六感！」

「哈！我也在盼望戰爭結束！」

此時正美歡天喜地走過來，伸手在櫃枱拿了一個不大不小的白色布袋。

「你要上哪兒去？」方澤隨口問正美。

正美笑容燦爛地說：「到山上的小溪找石春（有美麗花紋的小石塊），天黑前回來。」

「路上要小心點！」方澤擔心地說。

「路上很安全的，最多是遇到野狼野豬，呀！還有，有時也有長得比我還高的大黑熊。」正美愈說愈若無其事地誇大危險性。

「不准去，太危險了，除非……！」方澤認真地下命令。

「除非……？」拓哉及正美都異口同聲地問。

X X X X X

陽光明媚的下午，山野間景色秀麗。

正美將褲腳摺至膝蓋，在小溪中尋找石春，溪水清澈，此刻她又找到一顆心儀的小石春了。

拓哉則側卧在溪邊看山色，偶爾間瞄一瞄正美。

「啊！哥，這塊可漂亮了，花紋像很多顆心！」正美拾起小石春奔向跟他分享。

他接過小石春，放到手掌細心觀看。

「好漂亮呢！真令人愛不釋手，任你採拾，好厲害呢！」他大有同感地說。

正美喜悅地將小石春拋放到白色布袋中。

「我繼續找！」她邊說又邊走進小溪中。

「說出來真神奇，真是上帝的傑作，這些小石春，經過溪水幾億年的沖洗，表面都是圓圓的光滑的，由於有不同的礦物質，所以又造出不同的花紋。」他讚歎地說。

「沒那麼多理論吧！漂亮就是漂亮！」

「你甚麼時候學會採拾石春？」

「十六歲那年開始。」

「這也倒是有益身心的興趣。」

「你不過來嗎？」

「不去了，怕弄濕衣服。」

突然山間「轟」地一聲打了下大雷聲。

他抬頭一看，才發覺此時滿天烏雲，好像快要下大雷雨了。

「正美，快離開這裏，快！」他緊張地提醒她：「不好了，快要下大雷雨了，下大雷雨了。」

她慌忙走到溪邊盡促抹乾雙腳穿鞋，拿起白布袋。

開始下雨，還閃電打雷。

「快，我們往山下走。」他拖著她的手往山下奔。

「小心，我跟不上你的步伐，哥，慢點！」

X　X　X　X　X

烏黑的天下著傾盤大雨，雨點是密麻麻的，打到身上會令人感到有痛的感覺。

拓哉及正美從頭頂濕透至腳底，正在一家人們前的屋簷下避雨。

正美苦著面說：「幸好這裏有一戶人家，但不知還要等多久才停雨。」

拓哉神氣地說：「真是天有不測之風雲，也幸好有我陪你，這回沒有大黑熊，卻來了大黑雨。」

突然又一下閃電打雷，把正美嚇至倒進拓哉的懷裏。
正美像是受驚的小鳥說：「哥，我怕，抱緊我！」

他看看她，狼狽得實在有點可憐，便用右手把她拉到懷裏。
「這樣好點嗎？」
「再抱緊一點，哥！」

正美好好地享受被關愛的感覺，而拓哉則擔憂何時會停雨。

突然有人拉開大門聲，有一位老太婆的聲音在打聽著：「是有人在避雨嗎？」

X　X　X　X　X

在簡陋的民居內，靠一盞大油燈照亮，拓哉、正美及一位老太婆坐在榻榻米上，他倆剛用毛巾擦乾頭髮，面前各有一杯熱騰騰升起蒸氣的熱茶。

老太婆毫不見外地說：「我丈夫姓淺野，到東京跟朋友合夥開養豬場，兒子上了戰場，家裏只有我一人守著。兩位是……？」

拓哉恭敬地回道：「啊，我叫田村拓哉，是一名小商人。」
「這位小姐是……？」
「啊，她是……」拓哉正想要介紹。
正美口快快搶著說：「我叫正美，是她的妻子！」
拓哉來不切反應，瞄了瞄正美一眼。
「啊！兩位原來是夫妻，我一眼看去，兩位的確很有夫妻相。」淺野婆婆既羨慕又喜歡地說：「兩位，先喝口熱茶解寒意吧！」

兩人啜了一口熱茶。
「現在暖和許多了，謝謝淺野婆婆！」正美感激地點頭致謝說。
「看來這場雨會下很久，我們小戶人家沒甚麼上菜，待會我煮蛋菜拉麵，兩位也就跟我吃熱麵吧！」
「打擾你了！」拓哉致謝說。
「謝謝，婆婆，多謝照顧！」正美致謝。
「不客氣，現在打仗時期，日本人應該好好照顧日本人。還有，如果晚飯後還不停雨，兩位也不要勉強回去，路上必定會很危險，就在我兒子的房間屈就一晚吧！」

「婆婆！我們會給你食宿費的！」拓哉誠懇地說。

「不用給錢了，其實招呼兩位我很開心，難得有人和我傾談，何況，看著兩位年青人，就等於看到日本未來的希望，屈就了！」

兩人感動地向婆婆點頭。

X　X　X　X　X

婆婆屋外，在微弱月色下可以看到雨勢很大，雨點落到屋頂上，如瀑布般往下傾注。

屋內，婆婆手持油燈引領兩位到兒子的臥室，是日式的榻榻米房間，約有三十多平方米。

婆婆將油燈放到桌上。

「兩位剛才吃得飽嗎？」

「飽！」兩人異口同聲回答。

「飽便好了，地方簡陋一點，兩位屈就了，看來這是長命雨，兩位，明朝我準備早餐，吃過早餐才回去吧！」婆婆邊說邊把身子退到門口。

「是！」兩人又異口同聲回答。

「早點休息吧，晚安！」婆婆把房門拉上。

「晚安！」又異口同聲說。

婆婆撒了，兩人環顧卧室，的確是十分簡陋，但此時此刻，有一頓溫飽，而且有瓦遮頭，已是極上的幸福了。

正美發現牆上懸掛了一把在鞘的長劍，便把長劍拿下來。

「啊！有這個東西！」

「人家房裏的東西，你不要亂動！」

正美不理會他，還把長劍從鞘中拔出，往他的頸上直指去。

他摸不著頭腦地說：「方澤正美，你想怎樣？」

她用像演戲的口吻說：「田村拓哉，你這個奸臣，我要宰了你，把你的人頭掛在城門上示眾。」

他有少許不耐煩說：「都甚麼環境了，還在胡鬧！」

她把劍收回鞘內，然後放到榻榻米中間說：「我警告你，這把劍就是今晚的分界線，你稍為越界或有不軌意圖，我會毫不客氣宰了你。」

「我呸！誰會對你有興趣，反正我只睡在這半邊便是了。」

「就此一言為定！」

兩人背對背趟下來，兩人都沒有吱聲很久很久。

正美終於打破沉默道：「你說些話兒吧！聽到你的聲音我才安心！」

他苦情地說：「說些甚麼話兒？」

「例如你的童年。」

他開始有條理地說：「我小時候有點肥胖，因家裏經營手禮店，我隨時都可以拿到吃的，有時甚至會拿到學校跟同學們分享。唔……，那時，我在班裏特別受歡迎，啊……，特別受女生歡迎，她們說，長大後要嫁給我，那便會衣食無憂啊……，有一年夏天……。」

他突然聽到一陣怪聲，稍為轉身看看，原來她已入睡，而且大聲打呼嚕。他苦笑一下，自己也閉上眼睛。

X X X X X

「田村先生，吃早餐了！」隱隱約約聽到婆婆的叫聲。

又聽到早鳥的叫聲，他緩緩張開眼睛，晨光第一線有點刺眼。

他感到身體有某種負荷，很不自在，他認真感受，才發現正美像一隻樹熊一樣把他騎抱著，右手右腳都把他纏繞著，而長劍則在幾丈之外，他為這個困窘感到十分尷尬。

「田村先生，要吃早餐！」清晰地聽到婆婆在叫喚。

「是，是的！」

他故意大聲回應，但正美依然如舊在熟睡。

他心裏煩厭地想：「這真是一位胡鬧的女孩！」

X X X X X

在福山西服店內，拓哉坐在沙發上啜一口茶。

福山太太拿著紅豆糕的包裝盒樣品在仔細觀看，盒上中間有

「福山家精製紅豆糕」幾個大字。

裕子欣賞地說：「我很喜歡這個包裝盒！」

福山太太邊看邊喜悅地說：「是雅也設計的，真令人難以相信，這設計，主題鮮明，不錯呢！」

「我略為打聽過價錢，如果大量生產，平均一個報價是三錢！」拓哉大方地說。

福山太太期待地說：「很好，我們應該怎樣著手此事？」

拓哉詳細解釋道：「如果要開始生產，你們需要一個大約一百平方米的小廠，你們家後邊不是留有一大片空地嗎？我打算找幾個朋友在上邊建一個臨時工廠，建廠同時，裕子計算一下生產流程。記住，生意一旦開始了，便不能停下來，每天大概出品兩百盒。所以，你們應該聘兩至三個幫工，大概是這個行銷方案吧！」

福山太太感慨地說：「真是麻煩你了，想得很周全！」

「太好了，就這樣開始著手！」裕子喜悅地說。

「那麼，大家一起加油！」拓哉激勵地說。

「加油！」兩人也充滿幹勁地說。

X　X　X　X　X

這個早上，裕子來到大川美清的雜貨店。

「裕子，要買點甚麼？」

「一盒洗衣粉。」
「二十錢吧！」老闆邊說邊把洗衣粉拿出來。
「價錢漲了。」她接過貨品。
「現在打仗，甚麼也在漲價！」

裕子放下兩個十錢銅幣，正準備離開，老闆卻神秘地說：「告訴你一個秘密！」
「甚麼秘密！」裕子愕然地回。

「那個田村拓哉，跟方澤正美睡了。」老闆邊說邊左顧右盼。

「不是吧！」
「這個秘密，千萬不要告訴任何人！」
「是的！」裕子心事重重地離開。

X X X X X

這夜，正美如常坐在裕子的卧室的榻榻米上，兩人都穿上了和式睡袍。

裕子氣憤地說：「真不爽，最近幾天頻頻傳出對你不利的謠傳。」
「我跟你表哥睡了？」正美明知故問。
「對，你還反應得那麼輕鬆。」裕子心碎地說：「是不是打仗令某些人瘋癲了，竟然這樣詆毀你！」

正美調皮地說：「不是詆毀，是真有其事，是前晚的事，我們避雨被迫一起過了一夜！」

「真的？」裕子半信半疑問。

「是真的！」

「那麼是誰人咬耳根，把這事揚開去？真是沒有口德！」裕子不滿地說。

「遠在天邊，近在眼前！」正美得意洋洋地回道。

「又是你？」

「對，就是我。」

裕子莫名其妙地問：「你為甚麼要刻意傷害自己，這事傳開去，你以後嫁不出去。」

「這倒沒所謂，我方澤正美只要嫁給一個人便夠了，那便是你表哥田村拓哉，我此生只會嫁給他！」正美認真地說。

「那，你不怕傷害我表哥？」

「只要他肯跟我結婚，便沒問題了！」

「我的姑奶奶，膽子真大。」裕子又懷疑又期待地問：「那麼，那天晚上，你們兩個有沒有 ......？」

「很令人失望，你表哥好像一塊木頭，這麼一大塊美味肥肉放到他面前，他竟可以一覺睡到天亮，碰也沒有碰我，怎麼可能，我方澤正美不夠漂亮嗎？配不起他嗎？」正美一點也沒有害羞滔滔不絕地說。

「方澤正美，你真的豁出去了，我不能不佩服你，我表哥是一個正人君子。」

「沒有碰我，我更加喜歡他。」
「為甚麼？」

「從樂觀的角度去看，證明他不是一個很隨便的人！」正美期待地說。

X　X　X　X　X

方澤咖啡店的園林座位，下午時分只得兩枱客人，在近室內的一張桌，田村壽仁及方澤賀仁都穿上西服打對面坐，兩人正在喝白蘭地，方澤太太站在旁邊協助斟酒。

正美在室內背著窗而坐，豎起了耳朵在聽兩位長輩的交談，面露期待的表情。

「這個酒真的很純很烈，是上等的佳釀！」田村壽仁稱讚地說。
「是幾年前老同學帶回日本的，田村老闆如果賞面，待回可以帶一瓶回去，在家慢慢品嚐。」方澤客氣地說。

「方澤先生太客氣了，在這個打仗的年代，美酒比黃金還要珍貴。」
「你我相交四十多年了，差不多半個世紀了，還來跟我客氣！」

「就是老相交，我田村壽仁在你面前更加慚愧！」壽仁終於把談話帶到了正題。

正美謹慎屏息地聽。

「有何慚愧之有，哈哈！」方澤裝作若無其事地說。

壽仁面有愧色地說：「不就是你家千金的事嗎？為了此事，我已揍了那個臭小子一頓！」

「啊！說來是我不對才是，那天下午，是我要求拓哉陪她上山的，都是我不好，是我的錯才是！」方澤大方地回。

方澤太太為兩人添酒。

「男人大丈夫，做了任何事都要負責任，我把那個臭小子交出來，任由方澤老兄處置。斬手斬腳也好，往腦袋打一槍也好！」

正美面色頓時緊張起來。

「田村老闆言重了，我看這樣吧！我本身很喜歡拓哉這位年青人，也知道正美對拓哉都有好感，老朋友，我們不如來一招順水推舟，把他倆拉在一起，你意下如何？」

正美期待地咬咬手指。

「那個臭小子配不起你家千金！」

「拓哉好歹都是大學生，配得起！」

「方澤老闆，你考慮清楚了嗎？」

「考慮清楚了，你我的關係，由老朋友升級至親家，這事多好，哈哈！」方澤歡愉地笑道。

「那就這樣安排好了！」壽仁如釋重負地説：「那，甚麼時候把他倆拉在一起？」
「當然愈快愈好，你説是嗎，哈哈！」方澤樂也融融地回。
兩人都哈哈大笑中叫「飲杯」。
正美在偷偷地笑。

X X X X X

裕子在後院為花兒澆水，在這個夏末的季節，院子裏不規則地滿是紫藍色的大波斯菊，間中夾雜幾朵黃色的大向日葵，似雜亂又似很美麗和諧。

福山太太也步出來賞花。

裕子恭敬地説：「奶奶，這個星期算是花兒盛開的時刻。」
福山太太心曠神怡地説：「的確開得很漂亮，站在這裏看花，令人忘掉了外邊是亂世，聽説田村家及方澤家要辦喜事了！」

「是啊！我也覺得表哥跟正美兩個是挺登對的。」裕子燦爛笑著回道。

「其實 ...... 以我的觀察，拓哉是 ......，是喜歡你的！」福山太太吞吞吐吐地説。

「這個我可不知道！」裕子大方及堅決地說：「而且，雅台還在我的心內，已沒有空間去容納其他人。所以，那怕一年、十年、五十年，我都是福山家的兒媳婦，奶奶，我是這樣想的，這個大原則絲毫都不會動搖！」

「說甚麼十年五十年，這一刻你是我的兒媳婦，我已經很滿足。」

「我會安分守己留在福山家。」

「你今年才廿三歲，往後還有漫漫長路要走，我不想你辜負你的青春！」福山太太婉惜地說。

X X X X X

和式婚禮上，拓哉及正美的十幾張幸福結婚照片。

* 兩人甜蜜幸福地對鏡。
* 兩人輕輕地接吻
* 田村壽仁、田村太太、方澤賀仁及方澤太太端坐在前排，兩位新人則站在後排。
* 兩人幸福地笑，中間是淺野婆婆。
* 兩人幸福地笑，中間是大川美清老闆。
* 兩人幸福地笑，中間是福山太太。
* 兩人幸福地笑，中間是中川正一。
* 兩人幸福地笑，左右是裕子及雅也。

* 兩人露出調皮面，左右是用手舉起「V」字的裕子及雅也。
* 兩人露出詫異之色，左右是裕子及雅也在兩人頭頂做一個牛角手勢。
* 兩人幸福地笑，裕子及雅也一左一右吻新人的臉。
* 兩人燦爛地笑到捧腹彎腰。

X　X　X　X　X

新人卧室，燈光幽暗，拓哉及正美躺在牀上，正美的頭枕在拓哉的臂彎上，狀甚甜蜜。

正美淡淡地說：「田村拓哉先生，要你娶我，是否有少許委屈？」

「是的，的確有少許委屈。」拓哉望望她，認真地說。
「是怎麼樣的委屈？」
「我未婚便睡了你，成為了京都渣男（壞透的男人）。」

「我告訴你，其實有很多男人都樂意做這個渣男，只是我方澤正美一點兒機會也不給他們。」

「有多少個男人？」
「不多，如果排隊，恐怕要由京都排到去東京。」
「如此誇張？」他忍不住笑了出來。
「這又有甚麼用，現在人都落在你的手上了。」
「因為只有我才有這種福氣。」

「你再説一遍！」

「只有我才有這種福氣。」

「老實説，你有沒有丁點兒喜歡我？」她説時雙眼看著天花板。

「説沒有又好像有，説有又好像沒有。」

「就當作是有，你喜歡我甚麼？」

「胡鬧！」

「胡鬧？」

「我性格比較正經，要求自己做事不可以犯錯，這樣做人，確實有點兒累。有你在胡鬧，會激起不同的浪花，人生變得更有姿彩，盡情地笑的機會也多了許多。老實説，你的胡鬧已成了我開心的源頭。」

「那麼⋯⋯，那麼⋯⋯！」

「那麼甚麼？」

「那麼，你愛我嗎？」

「最初沒有感覺，後來愈來愈愛，田村正美，我愛你！」

四目交投。

「再説一遍！」

「我愛你！」

正美甜蜜到差點大半天説不出話來，然後含情默默地説：「單憑這句，我田村正美樂意給你生十個娃。」

「生十個？不要吧！生十個我會養不起，生兩個便好了！」

「好，就生兩個。」

「對，田村正美。」

「那麼，田村先生，現在我們可以開始生娃的工程嗎？」

「生娃工程？可以！」

兩人開始抱緊對方熱吻，拓哉的手……。

（此處刪掉五百字，因「兒童不宜」。）

X　X　X　X　X

星期六早上，在福山家廣闊的後院，有幾位男士正在忙於建造生產紅豆糕的廠房。

雅也跟兩個黑衣男士，用手中的泥鏟正在將英泥及小石子開混凝土。

拓哉在鋸木條，中川正一用軟尺量度木塊長度，另有兩個黑衣男士在鋸木。

已是烈日當空，各人額上都掛著紅豆那般大的汗珠。

正美捧著兩壺涼水移步過來，裕子端著一個盤子出來，盤子裏有六個玻璃透明杯。

「過來喝杯水！」兩人異口同聲邊說邊把水壺及杯子放到平台上。

眾男士紛紛移步過來喝水。

拓哉喝一大口水，流著汗說：「真來得及時，喝死人了！」

正一環顧面前半製成品欣賞地說：「進度不錯吧！再用上兩天，應該可以蓋竣。」

雅也細心地說：「大嫂，還少了一個杯子！」

「我立馬去拿！」裕子轉身走入屋內。

正美用毛巾替拓哉溫柔地抹額上的汗，他露出幸福的笑容。

裕子走到起居室想拿一個杯子，在店面穿線釘鈕的福山太太在輕喚說：「裕子，有人敲門，你過來應門吧。」

裕子又拿著杯子走到店門，的確聽到有人「咯咯」聲地敲玻璃門。

她說：「是，來了！」

她一拉開門，看到一個男的背著陽光站立在台階中間。她細看一下，嚇到杯子「呯」一聲跌在地上碎了。

傳來福山太太好奇的問道：「裕子，是誰啊！」

「奶奶，奶奶，是……，我會不會看錯，是雅台，雅台回來了。」裕子不敢相信眼前看到的。

那個男的沒有吱聲。

福山太太衝出來看，嚇得目瞪口呆了。

「母親，裕子，我回來了！」男的哭起來，身體在顫抖說：「我回來了！」

「真是雅台！」福山太太定一定神說。

「雅台！」裕子流著淚叫。

兩人哭著抱緊面前的男人。

此刻，烈日仍然很刺眼。

雅台也哭著叫：「我真的回來了，要你們受苦了！」

X　X　X　X　X

福山太太及雅台在餐桌旁打對面坐，裕子、正美及剛才一眾勞動的男士都坐在地上。

雅台頭髮蓬鬆，好像沒有刮鬍子幾天，左邊眼角下有兩條約四厘米的疤痕，他在清晰地陳述，其他人只傾聽，認真嚴肅地傾聽過程。

「大約四個月前，我們小隊在泰國南部跟泰軍交戰，本來我們佔盡上風，可是，有一個隊員踩中地雷，後來我來才知道，除了我之外，小隊其他人都陣亡了。泰軍把我抬到去救治的醫療站。」

「泰國軍醫給我搶救，半天後我甦醒過來，我發覺左邊的耳朵聽不到任何聲音，是耳膜穿破了，永久性失聰。不過，最大的問題是，我同時失去了所有記憶，軍人證掉了，我完全不知道自己是誰，那時的我，只曉得幾句簡單的日語。」

「泰國的醫護人員對我很好，他們待我如同自己的同胞，最起碼，沒有仇恨，沒有歧視，只有笑容及溫暖，給我的感覺是，我有一個地球人應該有的尊嚴。」

「兩個月前，日泰交換戰俘，他們更跟我揮手道別，那時我自己感到很奇怪，我怎會跟敵人有依依不捨的感覺，後來，我才明白一個道理，我把他們看成敵人，其實，他們卻把我看成朋友。」

「大約一個月前，軍方安排我坐船回到東京軍港。」
「那時我還未恢復記憶，在那裏，需要接受一個月的隔離檢疫期。」

「有一天，午餐有一個甜品，紅豆糕，怎麼，我對它有一種很特別的感覺，裕子、母親、雅也的面開始在我的腦海浮現，再過兩分鐘，我又記起了清水寺，我又記起很多童年回憶，漸漸地，我對福山雅台幾個字有強烈的感覺。」

「兩天前，軍方聽取我的陳述，跟入伍表上的內容完全吻合，證實我是京都來的，確認我在京都還有家人，便批准我帶傷還鄉。今天，我終於安全回家了，各位家人，各位朋友，我不知所踪的日子，要你們辛苦了。」

說到這裏，雅台已經向著大家下跪，眾人流淚飲泣。

X　X　X　X　X

晚飯後，雅台在洗浴間坐在大木桶的熱水浸浴，水深及胸，只露肩膊以上的位置。

刮了鬍子的雅台，原來也是一個美男子。

裕子穿著和服，用毛巾往他的肩上刷。
「裕子，我現在浸在自己家的大木桶，有你在我身邊，我還感覺自己在夢境中。」他回想地說。

「是的，像做了一場惡夢。」她微笑地回道：「怎麼都好，你回來了才是最重要。」
「母親對你好嗎？」
「很好，情如姊妹，雅台，你回來正好，我們正要開展紅豆糕的生意。」
「唔！我們夫妻加油，全家加油！」

裕子輕輕吻他面頰一下，對望了幾秒，之後是嘴對嘴接吻。

X　X　X　X　X

04

山雨欲來

一年後。

一九四五年（昭和二十年）八月九日。

在福山家的起居室，裕子腹大便便地坐在沙發上看書，拓哉及雅台坐在餐桌邊悠閒地喝酒，正美則站在一旁殷勤地侍酒。拓哉關心地說：「裕子的肚子漲得很快，小嬰兒將來必定很高大。」

裕子幸福地說：「高大不高大也不打緊，最重要是健康！」

正美溫柔地說：「應該是下個月生，好期待啊！」

「這孩子的腳頭真好，我們紅豆糕的訂單，今天已突破二百盒大關了。」雅台開朗地啜一口酒。

「這十多月，大家的確很努力，努力終於有回報，唉！我們的生意轉好了，可惜有些同胞正在水深火熱之中，大家聽收音機廣播，美國人今天又在長崎投下原子彈，有幾十萬人死傷！」拓哉感慨地訴說。

雅台憤怒地說：「美國人的確來真勁了，六號才炸廣島，今天又炸長崎，加起來死傷百萬人了。」

「這原子核很嚇人呢！」裕子撫摸自己的大肚說。

「看來我們吵醒了美國這隻睡獅了！」拓哉無奈地說。

「如果美國人明天投原子彈到京都，我們豈不是......！」正美擔憂地說。

拓哉冷靜地說：「這個應該不會。」

雅台問「何解」。

「據聞，中國有一位資深的學者告訴美國軍方，京都是日本歷史悠久的城市，也有日本人最珍貴的文物及廟宇。所以，如果要空襲日本，可以的話，盡量不要炸京都，要為日本人的文化傳承著想。這個提議，美軍接受了！」拓哉詳細陳述地說。

「我們要感謝美國人了嗎？」裕子詫異地問。

「世事從來恩怨難分。」拓哉啜一口酒回道。

X　X　X　X　X

六天後。

八月十五日上午十一時五十七分。

方澤賀仁在咖啡廳對妻子及員工正色地說：「很好，大家都穿端莊一點，中午收音機會有天皇的廣播！」

妻子及員工點頭說：「是！」

在一年坂的田村手禮店，田村壽仁對所有員工訓示：「中午天皇廣播的時候暫停營業，以示尊重。」

大川美清在雜貨店對多位客人説：「快要到天皇廣播了，很重要的，快回家，快回家聽吧。」
眾客人點頭説「是」，均飛跑去了。
民政署的擴音器在廣播：「各位市民，各位市民，請放下手頭工作，放下手頭工作，兩分鐘後即將播放天皇的重要講話，請留意！請留意！」
車站的廣播：「各位市民，各位市民，即將播放天皇的重要講話，請留意！請留意！」

尚有一分鐘，便會由「日本放送協會第一放送」（今 NHK 廣播第一頻度）播放日本天皇裕仁的重要講話，尊稱為「玉音放送」（天皇的聲音），這是日本國民首次聽到天皇在電台的聲音。

此段廣播日後被稱為《終戰詔書》，長約為四分鐘。
廣播開始響起日本國歌《君之代》（Kimigayo）。
清水寺裏的僧人及遊客全部下跪。

車站的過客都全部下跪。

一年坂、二年坂、三年坂及花見小路上的經營者下跪。
民政署一帶的過客全部下跪。

京都立仁中學的師生及川端校長全部下跪。
民居的居民在家裏紛紛下跪。
全部京都市民下跪。
全大日本帝國市民下跪。
東京軍港全軍下跪。

駐在海外的軍隊，紛紛在營內及營外下跪。
國歌播放完畢，有三、兩下「沙沙」聲，接下來便是天皇尊貴的聲音：

「朕深鑑世界大勢與帝國現狀，欲以非常措置（日語：措施）收拾時局，茲告爾忠良臣民……（和約等事）。」
「朕茲護持國體而得之，信爾忠良臣民之赤誠，常與爾臣民共在。若夫情之所激、濫滋事端，或如為同胞排擠、互亂時局，為誤大道、失信義於世界……（守節等事）。」

「可期不後於世界之進運。爾臣民，其克體朕意矣！」
有三、兩下「沙沙」聲，國歌再播一次。
整個廣播之意，大致是大東亞戰爭結束，由天皇親自公告，以結束一場錯誤的戰爭。

所有日本人仍然跪著，皆痛哭流涕至泣不成聲，這一天，又被形容成為「日本最長的一天」。

十七天後。

一九四五年九月二日。

日本的投降儀式，在停泊東京灣的美國海軍戰艦密蘇里號上進行。
日方的代表是外務大臣重光葵，而「同盟國」的代表則是美國的麥克阿瑟將軍（Douglas MacArthur）。
降書以英文書寫，官方稱之為《降伏文書》（Japanese Instrument of Surrender），自此，太平洋戰爭正式結束。日本由此開始失去主權，成為了「同盟國」的保護國（A Client State）達七年之長。

X　X　X　X　X

翌日。
福山家四人晚膳，桌上只有幾個紅薯。
福山太太無奈地說：「打仗的時候，我們期望快點停戰，如今國家投降，戰事算是完結了，又好像有一種失落感！」

雅台淡淡地說：「母親，你的心情我可以理解，我想，再過一陣子你便可以漸漸放下。」

「失落感多少都有，母親你算是冷靜的反應了，有些人接受不到戰敗，完全精神崩潰，甚至有人切腹自殺！收音機廣播，截至中午，全國總共有上萬人切腹自殺……！」雅也神色沉重地說：「我們的校長，昨晚也在家切腹過世了。」

「就是那個『好戰派』川端校長？」裕子求證地問。

「就是他呢！」雅也黯然回道。

「太可惜了，其實，他的人生還有很多值得他幹的事情。」裕子惋惜地說。

「不就是嘛，都甚麼年代了！」福山太太附和地說。

雅台則帶到另一話題說：「現在我們一日三餐都是紅薯，全日本都出現糧荒了。」

福山太太更擔憂地說：「再過一陣子，恐怕連紅薯也吃光了，到時，紅薯皮也成了山珍海錯。」

「正常人可以捱餓幾餐，但裕子肚裏有嬰兒，需要攝取大量蛋白質及鈣質，這樣下去，兩母子的健康都會受到影響。」雅台一邊沉思一邊說。

「說的也是！」福山太太說時看看大腹便便的裕子。

「對，他又在裏面踢腿了！」裕子苦笑難分地說。

雅也失望地說：「現在這個時勢，往哪裏找蛋白質？」

「有，有的，我知道山上有！」雅台神氣及肯定地說。

X　X　X　X　X

京都的深山，渺無人踪，只有樹木及潺潺流水。

拓哉及雅台各自背了一枝長槍，雅也則手持大斧及背了幾個麻包袋，此刻，三人在溪澗旁歇息吃紅薯。

雅也失望地說：「走了半天，連小兔子也看不到一隻。」

「要有耐心一點，上天不會辜負我們努力的，這裏一帶，應該是野豬出沒的區域，剛才不是看到嗎！很多矮樹也被牠們吃過。」雅台信心十足地回。

「吃矮樹的應該是野鹿！」拓哉反履思考地說：「雅也，我肯定今天我們不會空手下山。」

「我們這樣打獵，不是要領牌照的嗎？」雅也忽然想起來。

雅台很實在地說：「小哥哥，管不到那麼多了，現在是非常時期，我們惟有用非常手段。」

「也是，說笑一句。」雅也風趣地說：「我們來打野豬，會不會反過來成了野豬們的獵物？」

「當然不會，你哥是個神槍手！」雅台自誇地說。

「對呀！今天是雅台哥的表演時間，小弟弟你有眼福了。」拓哉半真半假地說。

雅台移步走到樹林邊。

雅也大聲問：「幹嘛走那麼遠？」

「人有三急！」雅台邊拉褲鏈邊說。

小便落到林邊，雅台可能忍了很久，這泡小便特別長。

突然身後傳來「呯」的一聲槍聲，他幾乎嚇至站不穩，回頭一望，一米外有一隻大野豬中槍倒地，是拓哉發槍的。

「你差點把我射中？」雅台生氣地說。

「福山先生！這傢伙衝向你，危急關頭！我沒有信心是不會開槍的！」拓哉右手舉起長槍神氣地說。

雅也衝過來看看野豬，牠已經奄奄一息了，雅台彎下身逗一逗牠的身驅，在猜度牠的重量。

雅台大喜地說：「喂，兄弟們，差不多有卅公斤重！」

三人歡天喜地叫：「萬歲！萬歲！萬歲！」

X X X X X

一年後。

一九四六年（昭和廿一年）秋季。

拓哉及正美回到方澤咖啡店，跟方澤賀仁在園林的桌旁圍坐。

方澤老闆關心地問：「拓哉，你父親的腰痛有好轉嗎？」

「托福，這半年轉了醫生，可能對症下藥，加上有適當的物理治療，現在已經好了很多。」拓哉詳細地回道。

正美隨口地問賀仁：「聽說父親最近加入一個新的政黨，立民黨是嗎？」

「是的，戰後國家重建，現在也有多個新政黨出現，大家都想為國家出一分力。我在美國留學的五年，對民主選舉有一定的體會，所以被志同道合的朋友拉進去，算是一個顧問吧，我想這應該是好事。」

方澤老闆滔滔地說：「我這次叫拓哉過來，就是想邀請他加入立民黨，代表黨去參加明年初夏的眾議員選舉，這也是黨內核心成員的期望。」

「眾議員？」拓哉及正美詫異地異口同聲求證道。

「是，是眾議員！」

「我具備這個條件嗎？」拓哉自知量力地問。

「明年選舉，京都有五個席位，核心成員們都對你有信心。第一，你在京都早已樹立很好的聲望。第二，你在大藏省工作了五年，雖然是初級職位，但對政府的運作已有基本的認知。第三，你是個大學生！」

「這對我來說，倒是很新鮮的事情。」拓哉有些許心動地說：「正美，你有甚麼看法？」

「為了重建日本，當然是好事。」

方澤重新強調說：「他們都對你有很大的期望！」

「既然如此，我要回去跟家父及家母商量，可否給我一星期的時間！」拓哉誠懇地回道。

「當然可以！」

X　X　X　X　X

「說句真心話，我當然希望你子承父業！」壽仁在衡量地說：「但父親也認為你是一個人才，年青人，一個有幹勁的男人，也應該用自己雙手打天下。」

拓哉跟父親在榻榻米上喝清酒，母親在旁邊侍酒。
「會不會有生命危險的？」母親擔憂地問。
「在美國人的監察下，應該不會出現太壞的狀況，母親可以放心！」
「考慮一下，這兩年你在生意方面做得不錯，已打下良好的根基，把它放下的話，會有點可惜，除非……！」壽仁惋惜地說。
「除非甚麼？」拓哉誠意地問。
「除非你找到可以付託的人，把現在的成果延續下去！」
「一個理想的合夥人？」
「對，這就是父親的想法。」

X　X　X　X　X

下京都足球場，兩隊年青人正在對賽，一隊穿紅色球衣，另一隊是白色球衣，觀眾席上有幾十人在打氣。
拓哉及雅台先前踢完球，也在觀眾席一角用毛巾拭汗。

雅台剛喘定氣說：「老同學，偶爾出來跑跑踢踢，流一身大汗，爽極！」
「我找你出來，其實志不在踢球，有件事要跟你商量。」拓哉喝了一口壺中的水說。
「看你的表情，這事是一件大事！」
「對，是我們兩個的人生大事！」拓哉用手搭到對方的肩上説。

「願聞其詳！」

「我打算競選眾議員。」

「因此……？」

「因此，我這年餘在京都經營的生意，想找一個合適的合夥人延續下去，雅台，你有沒有興趣成為我的合夥人，我倆像踢足球一樣合作努力去幹？」

「為甚麼是我？」雅台詫異地問。

「從小到大，我倆都是最佳拍檔，小時候偷摘別人的石榴，考試出貓作弊到踢足球，我們都不用多説話，彼此的默契盡在不言中。」

「合作做生意，會不會又是另一回事？」

「做甚麼也一樣，只要彼此信任。」

「多謝你的信任，事實上，當我知道雅也對時裝有很大的興趣，他很樂意繼承福山西服的事業，我也想過自己將來會在哪方面發展。」雅台誠心地説：「這次你找我做合夥人，我是十分之樂意的！」

「那就這樣決定了，我也這樣想過，給你百分之三十的股份，你有沒有甚麼意見？」

「沒意見，跟你一塊這些年月，你做任何事都不會佔我便宜的，就這麼定吧！」雅台開懷地説。

「一言為定！」

兩人爽快地擊掌。

那我們要為公司開一個新名，你有甚麼點子？」拓哉滿意地問。

「這個嘛 ......，你英文名叫 Sam，而我英文名叫 Tony，不如就叫 Samtony 好嗎，又夠時尚又好聽？」

「好，Samtony 很好聽，日文就叫『森多利』吧！」

「Yeah！是啊」兩人又再擊掌。

X X X X X

立民黨京都支部辦公室的會議室內，一張坐十二人的長方型會議桌，副總裁大松重豐坐在一端，助理總裁川崎博文及丹山俊秀坐在他左右，坐在另一端的是，首次來見面的孤獨的田村拓哉，氣氛有點冷冰。

川崎莊重地說：「田村先生，我們已觀察你六個月了，發覺你在京都有一點聲望，你是怎樣做到這點的？」

拓哉簡潔地回：「這當然不是六個月內突然發生的，是戰爭結束前累積下來的！」

丹山訓示式說：「你累積了甚麼？說重點。」

拓哉又冷靜地回：「我多次將壞蛋改變成為善民，戰時我的手段是『武』，戰後手段是『德』，我的手伸得比法律還要長還要強，大概情況是我消滅了壞蛋，而且同時又增加了善民，就是這樣吧！」

大松一針見血地問：「如果你是今天的總理大臣吉田茂，你會怎樣去面對麥克阿瑟？」
拓哉堅定地說：「那個美國人的意見，凡是有利日本的，我都同意，相反，我必定不同意到底！」

大松欣賞地說：「答得很好，很扼要，別的人可能要說上千言萬話，你只說了三兩句，而且宗旨明確，我們立民黨就是需要你這樣優秀的新血！」

三位總裁站起來向他彎腰說：「歡迎加入立民黨！」
拓哉也立馬站起來向三位彎腰道：「那麼，以後的工作，請三位多多照顧！」
氣氛又霎時變得和諧了。

X　X　X　X　X

田村拓哉在自己的競選辦公室內翻看黨章的文件，看得十分仔細及入神，這是一個大約三十平方米的空間，除了文件櫃之外，還有兩列打對面的沙發，可供六個人坐，沙發中央是一個大茶几。

此時有人敲門。
拓哉回應說：「是，請進來！」
一個長髮高個子推門而入，沒有自我介紹便坐在拓哉對面。

那人輕率地說：「你就是那個蠢才田村拓哉？」
拓哉客氣伸出手來地說：「對，我是田村拓哉。」
那人又不伸出手來握，冷淡地自我介紹：「江田洋介，你的競選顧問。」

拓哉又客氣地說：「喝茶還是喝咖啡？」
江田又痛口大罵說：「蠢才，現在已是甚麼時候了，你還在看黨章？蠢才，全世界的黨章都是廢話連篇。記住，黨章是死的，你以為看了黨章你便會勝出選舉嗎？勝出，要運用活生生的人腦！」

拓哉沉住氣說：「江田先生，你說這些話，可有根據？」
江田又面紅耳赤地說：「蠢才，我是一位專業競選人士，我一共參加過三次美國眾議員選舉，競選經驗豐富。」

拓哉神氣地反擊道：「有當選嗎？」
「蠢才，還要多問嗎，當然是三次都落選啦！否則，今天我怎會坐在你對面！」
「落選也算是經驗豐富嗎，我覺得比較牽強。」
「蠢才，有沒有聽過一句諺語，『失敗乃成功之母』，好像我這麼經驗豐富的，全世界只有我一個。」
江田拿了一根香煙點燃了吸一口。

拓哉又故意順從地說：「好，我不翻看黨章，那麼，你說，我現在應該先幹甚麼？」

「蠢才，要做一份騙得人的競選綱要，這才是你的首要工作！」江田吸一口煙說。

「聽你的，就從政綱開始。」

「蠢才，研究政綱當然要去酒吧啦！要麼競選經費怎麼才花光？」

拓哉終於要揭穿江田的真面目了：「你頻頻叫我蠢才，你是故意的！」

江田笑了笑說：「你真是明白人，做一個候選人，首要的能耐要抵受得住，任何人任何形式的咒罵，這點你剛才做到了！」

「原來是考驗？」

江田又指著手中煙說：「這裏明明是禁煙的，我抽煙大概有一分鐘了，你為甚麼不制止我？」

「我坐在這裏是為了競選眾議員，其他小事我當看不見。」

江田突然豎起大拇指說：「對，不拘小節，方能幹大事，你已具備做一個眾議員的本質。」

拓哉幽默地反擊說：「蠢才，少説廢話，立刻去酒吧研究政綱！」

江田恭敬地鬼馬笑道：「是，田村先生！」

X　X　X　X　X

晚飯後，裕子抱著初生的友雄，在卧室的榻榻米上跟正美傾談。

正美在逗著小友雄的小手說：「小可愛，長得七成像你爸爸呢！」

「你喜歡嬰兒，便快點自己生一個！」裕子鼓勵地說。
「這方面嘛，我想再多過幾年二人世界才說！」正美神氣地笑著說：「免得太早分薄拓哉對我的愛。」
「這是你的想法，你奶奶、老爺不焦急嗎？」
「他們都沒有給我壓力，何況，可能我跟拓哉要搬到東京去長住。」
「說的也是，他已一隻腳踏入國會了，你很快便成為議員太太了！」
「前面有很多想像不到的新挑戰，到時也少了機會跟你見面。」
「到時你會惦記我嗎？」
「不會，我只會惦記小可愛！哈哈！」
兩人哈哈大笑起來。

X　X　X　X　X

競選支部的研究室，約有六十平方米，牆上掛著一幅大黑板，對出便是廿多個座位。此刻，江田洋介正準備講解選舉的情況，座上客有拓哉、正美、方澤老闆、副總裁大松重豐、助理總裁川崎博文及丹山俊秀。

江田自我介紹說：「我是江田洋介，今年五十二歲，是田村先生的選舉顧問，今天為幾位介紹本人對競選路向的心得及其要點！」

眾人留心地聽，他在黑板上寫了「選票」二字。然後繼續說。

「所謂選舉，是在特定時間之內，向大部分選民表述自己的獨特政見及對未來社會塑造怎樣的藍圖，我們統稱之為政綱！」

「好了，無論是保守的抑或是天馬行空的政綱，其目的只有一個，就是千方百計要爭取比其他候選人更多的選票，一張也不能少！直至，最後踏上勝出選舉的終極目標！」

「假設競選者都有優秀的能力及外表，都有良好的社會聲望，都有正確的品德紀律，都有健康的體魄，每樣要求都打成平手或不相伯仲時，那麼，哪位勝算會較高呢？其關鍵點在於『政綱金字塔』的高低。」

江田又在黑板上繪畫了一個五層的三角型，然後又繼續解說。

「金字塔的底層是普羅大眾，也是最大的票倉，普羅大眾關心甚麼？不外乎是衣食住行及活得有尊嚴。在這層的政綱有很多很多，例如：入息稅的增減、教育制度的變更、社會發展的資源分配、國民健康制度的變更、生育制度的變更、公共住房的長遠計劃等等。」

「假設在爭取普羅大眾的選票彼此相若，我們便要攀上一層，吸納女性選票，這裏大約佔一半的選票。女性關心甚麼？女性渴望在社會跟男性有同等的地位之外，還關心的是產假、婚後是否必定要跟丈夫姓，上女廁不用大排長龍及反對性騷擾等等。」

「假設候選人在這方面又平手，那麼，下一個目標便要再上一層，吸納老人選票。老人，我們一般指六十歲或以上的選民，約佔總選票的四分之一。那麼，老人關心甚麼呢？例如退休的福利、長者的醫療津貼、老人康樂設拖是否足夠、老人院的多寡及其資源分配、善終服務是否便民，又或甚至肯定他們過往對今天社會的貢獻！」

「再對上一層是年青人票，一般是廿一歲至卅五歲這個年齡層，他們普遍對選舉較為冷淡，不過，他們的選票十分關鍵。那麼他們關心甚麼呢？就業是否容易、創業是否容易集資、國家未來的發展前景、創新科技的未來藍圖、普遍勞工福利等等。」

「這個金字塔的最高一層是『其他』，也比較少眾，『其他』是指例如同性婚姻合法化、法例是否容許『安樂死』又或是否投放資源至探月工程等等。」

「我要分析的就是這幾個重點，希望各位明白，分析完畢！」
雖然聽眾不多，但是大家都熱烈鼓掌，江田向各人鞠躬致謝！
副總裁向大家恭請：「在座諸位及江田先生，請各位接受我邀請一起吃晚飯！」

方澤老闆哈哈地說：「好，就當是提早慶祝田村先生勝出！」

大家又熱烈擊掌呼叫。

此刻的拓哉，對競選仍然感到陌生，但他知道自己已沒退路，交鋒作戰是唯一的選擇。自己能否勝出呢？這個結果會怎樣影響他及正美的人生呢？他正在以陽光的心情去期待。

05

田村八十

在一年坂的步行街上，拓哉穿著莊重的灰色套裝，向著清水寺的方向上行，他肩上有一深藍色絲帶，帶上面寫了「三號田村拓哉」字樣，他一邊移步一邊向路上的人揮手笑面打招呼。

有七、八十個男女伴著他行，各人都手持三號牌，精神糾糾地叫著「三號候選人田村拓哉，三號，三號！」

這種鋪排，本來已很有氣勢，而那個叫江田的傢伙，還不停手持擴音器神氣地吶喊：「各位先生女士，早上好，京都地區眾議員三號候選人田村拓哉，三號田村拓哉，現在正要去清水寺拜神，祈求當選及祝福日本，求神保佑各位健康，請記著支持，三號，田村拓哉，多謝各位！」

有一個老太婆對另一個老太婆説：「啊！三號，很年青呢！」

對方回答：「年青好，將日本帶進新時代！」

有兩個女子仍在耳邊喁喁細語。

甲燦爛笑著說：「嘩！很清秀，很英俊呢！」
乙也興奮地說：「我說，他更像電影明星呢！哈哈哈！」

兩人「哈哈」大笑。
大伙兒繼續有氣勢地向寺的方向走，好不喧鬧，街坊及遊人都報以熱烈及喜悅的反應。
走到離清水寺約有五米左右，大家才靜下來，因為不適宜在佛門清靜地方喧嘩。

X X X X X

在京都車站附近的空地，有廿多人已圍成一個人圈，圈中間放了一個半米高的小平台。

人圈裏包括有穿著整齊肩有彩帶的拓哉、正美、雅台、裕子、方澤賀仁、田村壽仁、大松重豐、江田洋介、中川正一及十多位手持三號牌的助選團成員合共有廿多人。

看見有人群步出車站，正美便站在台上宣布：「各位先生女士，快將是眾議員選舉！」
開始有十多位路人加入人圈。

正美繼續說：「立民黨在京都也有成員參加選舉，是三號候選人田村拓哉，請各位多多支持，現在，請以熱烈掌聲歡迎田村先生講話！」

一陣熱烈的掌聲及歡呼聲，此時人圈已有百多人，而且還開始逐漸擴大，十分踴躍。

拓哉踏上小平台開始演説。

「各位好，我是三好候選人田村拓哉！」

已經開始有熱烈掌聲。

「我是土生土長的京都人，廿九歲，是一名大學生，現在是一個小商人。」

「現在是戰後一年多，日本必須要盡快重建國家，打好基礎，推行良好的政策，重新在國際舞台上打拼，迎來陽光燦爛的光輝歲月。」

群眾全部報以熱烈的鼓掌。

「此時此刻，日本需要大量的勞動力，我建議我們應該讓女性投入社會，女性的能力並不比男性弱，如果多一倍人口加入生產及服務行業，日本的重建必定會火速加快。因此，我會建議政府，訂立法例，保障女性有工作權利，並且跟男性同工同酬，各位女士們，日本需要你們上班！」

群眾大力鼓掌及吶喊。

「當然，我們也有燃眉之急，今日日本缺乏糧食，如果我有幸當選，我必定會敦促政府，立刻向同盟國要求盡速提供一千萬噸的大米及小麥，以解決日本目前的糧荒，避免社會產生更大的動盪。各位京都的朋友，我們不容許父母們捱餓，我們也不容許子女們捱餓，我們，更不容許自己捱餓！」

又一陣熱烈的掌聲及歡呼聲，人圈已有三百多人。

「我，三號，田村拓哉，絕對樂意承擔重建日本的宏願！請給予我一個機會，現在就欠你手上神聖的一票，請大家踴躍投票，支持三號，田村拓哉！」

群眾熱烈鼓掌，拓哉誠心向各人鞠躬長達十秒。
大松重豐向方澤賀仁盛讚地說：「你女婿的演說很有攝人的魅力，他很快會是一顆新星。」

方澤客氣回道：「很好，希望黨內元老多多提攜！」
雅台驚愕的反應說：「這個傢伙，說話很有力量！」
裕子在正美耳邊微笑說：「厲害，正美，你當定國會議員太太了。」

正美帶著期待說：「才開始，是一場大仗呢！」
江田向著助選團說：「收拾一下，我們到下一個地點拉票。」
正美用小毛巾輕拭拓哉額頭的小汗，之後他啜一口水向大家說：「多謝照顧，多謝照顧。」

X　X　X　X　X

京都立仁中學被挑作眾議員選舉京都區點票中心，禮堂千多個座位，都坐滿了來等候選舉結果候選人、助選團及相關人員。

三號候選人拓哉已在此等了一整個晚上，陪他等結果的有正美、方澤老闆、江田洋介、副總裁大松重豐、助理總裁川崎博文、丹山俊秀及一眾助選團，當中有人準備了花束。
現在是早上九時，大家已等了一個通宵，但仍然精神煥發，期待這個努力了半年的結果。

拓哉打了一個呵欠，然後回一回神對正美說：「看來快要派成績表了！」
「真令人又激動又緊張！」正美仍然精神抖擻說。

江田正氣地說：「怎麼都好，大夥兒已盡了力，以我的經驗，你的票數一直遙遙領先，看來，當選已經成了一個必然的事實。」

台上的點票工作已近尾聲，幾個選舉主任正在將結果交給宣布員。

宣布員向主任們點點頭，他看一看手上的結果，便手持咪高風踏出四、五步正要宣布結果。

全場靜下來，突然鴉雀無聲。

宣布員字正腔圓地宣佈：「在座各位候選人及工作人員，要各位久等了，昭和廿二年（一九四七年）眾議員選舉，京都區的選舉已經有結果，五位勝出者的名單已在我手中，現在我開始宣讀，勝出者可到台上接受祝賀，京都選區第一位勝出者，三號田村拓哉先生，得票四十七萬五千八百八十九票，請田村先生上台接受祝賀！」

拓哉和所有朋友都欣喜若狂，互相擁抱，握手慶祝。拓哉及三位總裁級人馬移步到台上中央的位置。

四人向台下鞠躬，助選團們掌聲雷動，正美上台獻花給拓哉，他接過花束後高舉並叫了三個「萬歲」。

助選團繼續鼓掌，雀躍萬分。

江田手持旅行袋準備離開。

方澤老闆好奇地問：「江田，你要往哪兒去呢？」

江田瀟灑地邊走邊説：「我任務已經完成，四年後再見！」

X　X　X　X　X

兩日後。

在田村家的起居室，田村壽仁、拓哉、正美、雅台及裕子坐在榻榻米圍圈喝茶，大家都準備吃晚飯，田村老太太則在廚房內忙這忙那。

拓哉伸一伸懶腰説：「足足睡了兩天了，還是感覺疲累，唉！

不是年青人了！」

雅台神氣地說：「你做了國會議員，正美便是議員太太了。」

「好像做議員太太，也有一陣無名的壓力。」正美困惑地回。

「說甚麼壓力不壓力，只要打扮得好像孔雀開屏便可以了，這方面可是你的強項喇！」裕子打趣地說。

「是嗎？」正美做一個鬼臉。

壽仁依依不捨地說：「下個月開始，你們夫婦便要搬到東京去長住，忙還忙，要注意身體健康，休會期便多點回來看京都的老人家。」

「在東京有黨內的同僚關照著，連住屋也安排妥當，不會忙得寢食不安，你倒可以放心，何況從東京坐火車回來，也只需四小時，十分之方便。」拓哉有信心地說。

雅台拍拍拓哉的肩膊說：「公司的事，我已經上手了，你不用掛心，好好做你的國會議員。」

「話說回來，田村家三代從商，到這一代出了一個官，也算是一樁喜事，明天我們去拜謝祖先保佑！」壽仁感慨地說。

「世伯，你們田村家，肯定還有很多喜事要來！」裕子笑著說。

「那就托福了！」壽仁感謝地說。

「還有甚麼喜事？」正美問。

「例如你呢！大小姐！」裕子鬼馬地說。

「我甚麼？」

「你很快很快，努力努力，為田村家添多幾個丁！」裕子打趣地說。

「哈哈，說的也是。」壽仁期待地說。

大家都哄堂大笑，正美害羞得面紅耳赤。

「你這人話真多，你跟我快點到廚房去幫忙母親準備晚飯！」正美正經站起來說。

「嘩！立刻轉話題了！」裕子邊站起來邊說。

三個男人又哈哈大笑。

X　X　X　X　X

在福山家的起居室，晚飯後打烊了，雅也在飯桌上繪畫了三十多幅，都是給潮男潮女穿的流行服。

他的時裝作品有三大特色，第一是用色大膽，例如大紅拼大綠、深黃拼深藍、灰色拼黑色或紅拼綠拼藍等。第二是圖案很多起用幾何元素，例如：菱形拼三角形、梯形拼橢圓形、弧線拼長方形及圓形拼三角形等。第三是採用的布料多樣化，例如：人造絲拼牛仔布等，總括而言，他的構圖非常有獨樹一格的品味。

福山太太逗著快兩歲，已學會說話及走路的小友雄在玩。

雅台在沙發上看報紙，裕子坐在他旁邊感到無聊，便移步過去看看雅也埋頭在繪畫甚麼。

此刻，雅也正完成一個樣板，是一套女性的方便服，上身是黃藍色右斜紋的有領短恤，褲是白色底淡綠色圓型的圖案。

裕子探頭過來看，立刻驚愕且好奇地道：「嘩！雅也，你這個樣板很有型很有款呢，我也很少看到這樣大膽新穎的設計！」

雅也自信地說：「是大膽了一些，但很有個人風格，這裏還有三十多幅！」

裕子又翻看幾個完成樣板，都面露詫異及喜悅之色，雅台見狀也過來翻看，這些樣板也把他嚇呆了。

「你這小子，真有天分，樣板很有特色呢！看來你上的設計課程，真是學有所用呢！」雅台也稱讚道。

「難得哥哥你也認同我，真的感謝你兩位的鼓勵！」雅也開心到快點要滴淚了。

福山太太則不同意地道：「不倫不類，古靈精怪，一點也不優雅，有違我們福山西服的風格。」

雅台淡淡地反駁說：「母親，現在時代不同了，西服已經走上一個百家爭鳴的轉捩點。不一定要優雅，但要有鮮明的個人風格，這樣才算是時尚，雅也，加油！」
雅台及雅也擊掌互相鼓勵。

裕子抱起小友雄說：「小朋友，要去洗澡了，叫你叔叔為你設計童裝好嗎？」
友雄也跟雅也擊掌說「好」。
福山太太笑著說：「人細鬼大！」

X　X　X　X　X

東京。

拓哉的東京居所位於麻布區，是有前後花園的獨立屋，單層的維多利亞式建築（Victorian Architecture），距離國會只有五公里，開車也只要十分鐘。

晚上十時，正美在宮庭式裝修的起居室看雜誌，有些許睏，打了一個呵欠。

此際門鈴響起，他去開門，迎來是也有點兒疲憊的拓哉，她幫他脫去外套，為他端上一杯暖茶。

「晚上應酬多，要你等我門，辛苦你了！」拓哉溫柔地說。

「不辛苦，何況我是來照顧你的，只要有你在的地方，我都會感到幸福，我這樣說，你會感到肉麻嗎？」

他微笑地道：「不會，我們是兩公婆嘛！聽你這樣說，其實我內心感到很溫暖很充實，所以，說不上甚麼肉麻，來，親一個！」

他在她的臉上輕吻一下，她感到很甜蜜又幸福。

「這個週末沒甚麼事，可以陪你逛商場。」他體貼地說。

「不去了！」

「為甚麼？」

「沒有事忙，我想你在家休息，我煮拿手菜給你吃！」她邊說邊期待著。

「好，就聽你的！」

X　X　X　X　X

一九四八年（昭和廿三年）一月，在國會議事堂內，五百多位參議員及眾議員濟濟一堂開會，首相吉田茂也有列席聆聽。

這次會議中，備受會內及會外大眾關注的，是田村拓哉動議的，十億低息貸款援助民營中小企方案。連日來已備受傳媒及學者們的熱烈討論，而社會則熱切期待，國會可以通過這項充滿陽光的方案。

此刻，會議去到中段。

議長麻生敬介鄭重地說：「現在，是聆聽 M21 項動議，由眾議員田村拓哉提出的貸款方案，請田村議員宣讀方案！」

田村拓哉站起來宣讀：

「尊敬的首相先生，尊敬的議長先生，各位敬愛的同僚。戰事結束後，日本百廢待興，情況的確令人感慨萬千。我們是一個負責任的政府，我們是一個『先天下之憂而憂』的國會，在振興本國、改善民生及提振經濟方面，必需擔任領頭羊的角色，責無旁貸。」

「當下，本國經濟疲憊乏力，究其原因甚多。當中，民間缺乏資金是其中一個主因，我們必須對症下藥，全力改善這方面的狀況。」

「有見及此，我建議政府撥款十億日元向民間的中小企業及初創企業用作低息貸款，首三年不用還款，之後才按月還款，估計可協助十萬所企業注入營運動力。假設每所企業的平均員工有卅人，那麼，受惠這項方案的十萬所企業，便會令三百多萬人重新或維持工作，可以提供大量的就業機會！」

「本人深信，只要提高本國的就業率，國民便會在衣食住行方面有信心消費，這種循環不息的消費，不但可以穩定社會及普羅大眾的民心，還可以促進本國經濟，進而令製造業及服務業擴張生意規模，達至再創造新的就業機會。」

「本人深信，只要本國政府在這方面起帶頭作用，銀行及融資機構必定會全力配合，為社會各行各業提供集資創業的方便之路。」

「只要就業穩定，企業健康發展及競爭，在不久的將來，這項低息貸款計劃，必定會培植出數以千計的出色的民間企業，實踐了振興經濟及發展未來的宏大目標，這亦是本國人民、本國社會、本國政府樂見及期待的夢想，因此，我們必須走這一步，令一代人、十代人、以致一百代人受惠，大日本的振興，實在刻不容緩，感謝各位！」

首相及議長都站起來鼓掌，全體議員也站起來鼓掌及叫「好」，場面令人十分感動。

兩週後，此方案獲大比數通過。

X　X　X　X　X

京都。

在 Samtony 的總經理室內，雅台坐在大班椅上看報紙，其中一樁新聞的標題是「國會新星誕生，田村拓哉議員，有外表，有內涵」。

他自言自語地說：「田村這個傢伙，一夜之間成了名人，優秀就是優秀！」

有人敲門。

「進來！」

推門而入的是穿著光鮮的中川正一，雅台安排他坐到沙發上。

「雅台哥，你叫我過來，有甚麼吩咐嗎？」正一恭敬地說。

「說吩咐那麼難聽，找你商量個正事。」雅台用自己人的口吻說：「最近你們運輸那邊情況怎樣？」

「挺忙的，開始大量招工！」

「都甚麼年代了，還用木頭車運貨，多一百個人也不夠用，你去出十部貨車吧！」

「說的也是，現在外邊進京都的貨物，都聘我們運輸，用貨車效率快好幾倍，好主意！」

「Samtony 會為你安排分廿期付款，這樣你便不會有經濟壓力，又能夠提高競爭能力，正一，我們要當外地貨到京都的唯一窗口。」雅台信心十足地說。

「對，用真正實力開始打拼！」正一心悅誠服地回。

X　X　X　X　X

在嵐山腳下離渡月橋不遠，有一所叫唐宮的精品料理，這天晚上，拓哉及雅台宴請京都帝國銀行的董事唐澤居明。

唐澤快六十歲了，在日本銀行界甚有聲望，不會輕易跟人晚膳。

「我跟方澤是同一年留學美國，又住在同一所宿舍幾年了，我就當兩位是世姪是自己人，說心裏的話便可以了！」唐澤直接而又親切地說：「我也替老同學高興，有一個當國會議員的女婿，哈哈哈！」

拓哉恭敬地說：「唐澤先生，我年資尚淺，有很多事情都要向你多多學習！」

「我聽過你在國會的動議發言，很感動，你是一位優秀而有使命感的年青議員，未來日本的發展，就要依靠你們了。」唐澤佩服地說。

「有前輩的鼓勵，我會加倍努力！」拓哉禮貌地點頭說。

「福山先生，你們 Samtony 集團有甚麼發展大計，說來聽聽！」唐澤爽快地說。

「目前我們是百多個小食及飲料品牌的京都總代理，為配合社會需要，我們會收購一間有良好商譽的啤酒廠，打造一個內銷及出口的啤酒品牌。此刻我們正在京都車站旁邊興建一幢十二層高的商業大廈，一半自用，一半出租，這便是我們集團的發展扼要。」雅台充滿說服力地說。

「好，是一個有前途的集團，如果日後在融資方面有需要，我必定會出力幫一把！年青人！加油！飲杯！」

三人興高采烈地碰杯。

在這一刻，拓哉已經十分感恩，自己在政途及商路發展順利，而且還有一大群愛護及支持他的親友，實在非常幸福、幸運。如果勉強要說自己還欠甚麼的，可能是一個兒子。

X X X X X

一九四九年（昭和二十四年）春初，田村拓哉動議國會成立了一個「加入聯合國籌備委員會」的組織，以下是他在議事堂宣讀動議的全文。

「尊敬的議長先生，尊敬的首相吉田茂，各位敬愛的同僚！戰爭不是好東西，自古以來，戰爭都會為參戰各方帶來人命的傷亡，以及萬劫不復的頹垣敗瓦、家庭破碎、民不聊生及遍地哀鴻。這裏，還未計算苦難民眾精神及心靈的傷痛，民族之間的恩怨及世世代代互相敵對的歧見。」

「在不久之前，日本就曾走錯了路，我們發動了一場不必要及錯誤的戰爭，最終為人類世界造成無辜的死難者，數以千萬計人的死亡。」

「對此，本人感到遺憾及羞愧，對此確實無計可施。只能在此祈求各位，代表我們的國民，向這數以千萬計的死難者，誠心默哀一分鐘！」

整個議會默哀一分鐘，眾國會議員低頭閉目，是日本史上的首次。

「默哀完畢，多謝各位。往事已矣，未來我們必須以行動來表達我們的反省。除了恢復本國經濟的同時，亦應致力改善跟各國的關係，其中最具代表性的行動，便是要求加入聯合國，跟會員國並肩謀求人類的溫飽及幸福快樂。」

「如果各位認為這是一個對的方向，那麼，我們必須朝著這個方向付出。此刻，我希望在國會內成立一個『加入聯合國籌備委員會』，積極向世界表明日本願意成為地球上維護和平的陽光成員。」

「我的構想是，這個籌備委員會的成員，包括外交家、政治家、醫生、律師、科學家等等，專職向聯合國成員國介紹我們希望成為一分子的初心，並定期向國會匯報進展及提出相關配合的訴求。」

「世界沒有免費午餐，也沒有從天掉下來的麵包。想吃，便自己去做麵包或付出勞力去換取麵包！感謝各位！」

整個議事堂的成員都站起來及熱烈鼓掌，有人更激動得淚如雨下。

X　X　X　X　X

一九五一年（昭和廿六年），Samtony 決定為福山雅也開拓一個時裝品牌，名稱是 Kenson（日文意謂「謙遜」）。由於 Kenson 款式時尚大膽，深受年輕一代歡迎，因此瞬間便成為本國的流行品牌。

田村拓哉此後一直多次連續獲選為眾議員，為戰後重建日本出力，他沒有參加過首相競選，但已是昭和年代中末期的傑出政客。

一九五二年（昭和廿七年）四月廿八日，是日本及日本人的大日子，因為在這一天日本正式恢復主權。

一九五五年（昭和卅年）春天，Samtony 的股票在東京交易所正式掛牌，標誌它已經成為經濟復興中的巨大民營企業。

一九五六年（昭和卅一年）十二月十二日，田村拓哉及方澤正美的長子出生，結婚十年，終於有愛情結晶品了。他們把兒子命名為「田村八十」，並不是求取好意頭，而是要兒子終生銘記，他出生的同一天，也是日本正式加入聯合國的同一天，而日本也恰巧是聯合國第「八十」位成員國。

田村拓哉（七十八歲）面對鏡頭結尾獨白：

有人說過，如果全人類會被毀滅，那麼，毀滅人類的，會是人類自己。
我不希望人類會走到這一步。

跟這股摧毀力量對抗的，相信是一個「愛」字。

「愛可以融化仇恨、縮窄分歧、緩和糾紛，最後，甚至可以達成共識及互相擁抱。

「愛」也可以引發幸福、正能量、歡笑聲，也是開啟夢想的珍貴鑰匙。所以我們人類應該用包容、理解、原諒及付出去灌溉「愛」，讓它不斷地茁壯成長。讓充滿愛的地球人，世世代代幸福快樂，川流不息！

第四章

盲婚年華

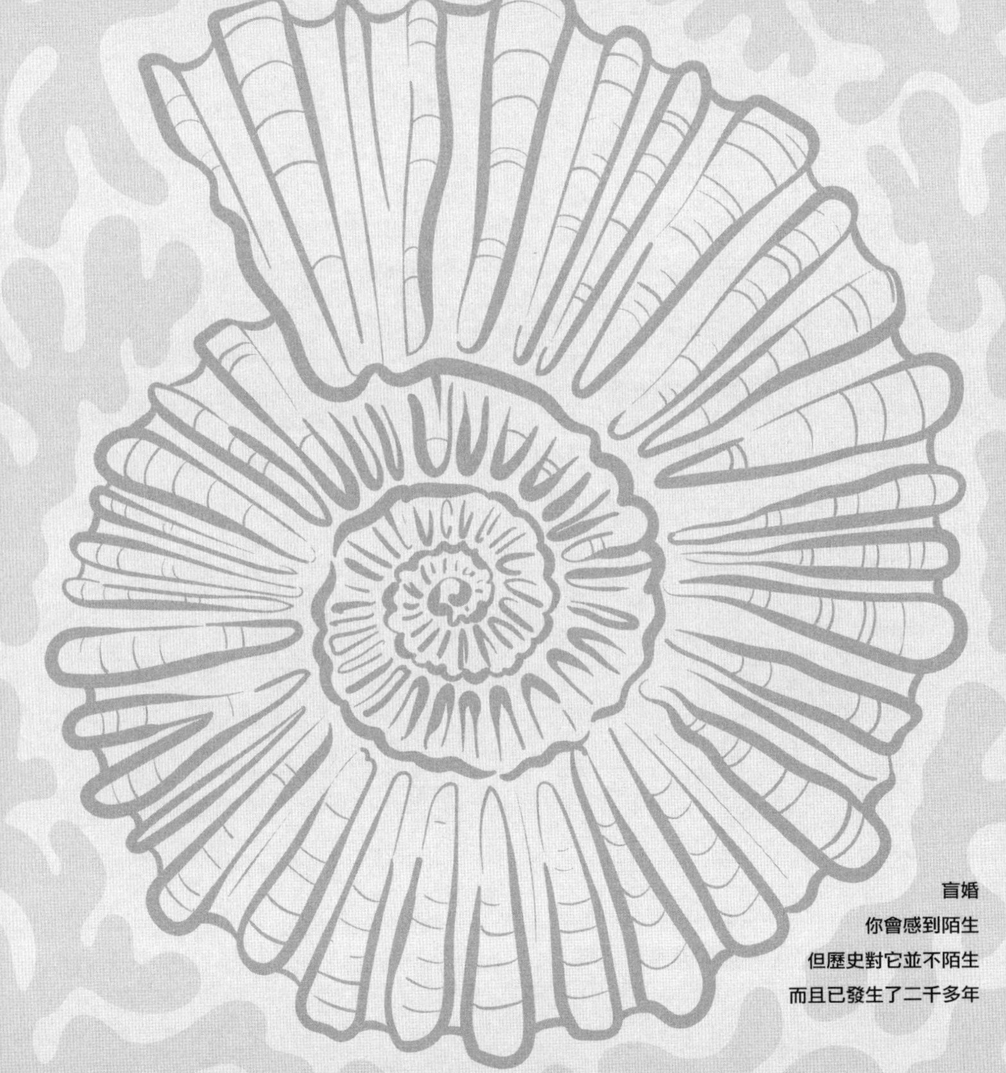

盲婚
你會感到陌生
但歷史對它並不陌生
而且已發生了二千多年

本章主題曲
《今夕何年》

今夕何年
沒有見過你的臉
想必定很良善
生命裏跟我無所不言

今夕何年
沒有見過你的臉
想必定很溫暖
希君莫嫌我不太明艷

何夕何年
見了你便萌上愛念
何夕何年
君把我手緊緊牽

何夕何年
與君愛過千萬遍
啊 今夕何年
啊 今夕何年

今夕何年

詞：胡人

曲：待譜

01

出嫁

騾車走了十里
爹娘要我嫁給你
素未謀面的你
坐在車廂內聽著騾頸鈴

叮叮叮叮叮我幻想你的模樣
假如你是一個盲子也不打緊
只要你疼愛我
我願意為你組一個家

騾車又走十里
爹娘要我嫁給你
不見經傳的你
坐在車廂內聽著騾頸鈴

叮叮叮叮叮我幻想你的模樣
假如你是一個啞巴也不打緊
只要你寵我
我願意為你送飯端茶

騾車走最後十里
爹娘要我嫁給你
比我年長一歲的你
坐在車廂內聽著騾頸鈴

叮叮叮叮叮我幻想你的模樣
假如你是一個跛子也不打緊
只要你愛我
我肯定為你生十個娃

02

拜堂

拜堂前後
隔著一片紅紗
我隱若看見哥的容貌
五官端正中藏秀氣
這樣一個俊俏郎
我怎可以不嫁

拜堂前後
隔著一片紅紗

我大概看到哥的舉止
手腳靈巧中藏爾雅
這樣一個秀才郎
我怎可以不嫁

拜堂前後
隔著一片紅紗
我彷彿看到哥的身影
不胖不瘦中藏溫文
這樣一個如意郎
我下一生也要嫁

03

秋夜

秋夜
屋外蟲兒鳴
你在屋內算帳目
指頭在算盤上彈撥
傳來滴答滴答的韻律
與蟲鳴聲彷彿合奏一首
秋夜協奏曲

滴答滴答滴答
我在搖晃的燭光下看到哥的眉
如初月彎勾
有一種擋不住的引力
勾走了我的魂魄

滴答滴答滴答
我在搖晃的燭光下看到哥的唇
如半月豐厚
有一種掩不住的魅力
厚待我的身神

的答的答的答
我在搖晃的燭光下看到哥的眼睛
如滿月團圓
有一種截不住的魔力
圓滿著我的芳心

滴答滴答滴答
我第一次凝視哥的臉龐
魂魄身神芳心都在飄蕩
慶幸沒有嫁錯郎

04

冬夜

夜雪乞片瓦
屋內暖如夏
哥端來一盤熱水
我問哥要洗腳嗎
我叫哥脱鞋
哥卻説我脱鞋才對
我直坐在床邊

哥為我洗腳
我以為在做夢
哥的雙手好溫柔啊
哥説感謝我持家
我看到哥的雙肩

哥為我洗腳
還為我説甜話
哥的雙手好溫暖啊
哥説感謝我生了五個娃
我盯著哥的嘴角

哥為我洗腳
還為我說笑話
哥的雙手好溫厚啊
我笑著又怕吵醒
隔壁甜睡的娃

05

春夏

這個春夏
哥在英倫的同學來華
暫住在我們家
一個亨利一個尊尼
紅鬚綠眼身子高

鎮上的人看到當笑話
大賢看到尊尼
嚇到慌神地哭
二賢看到亨利
笑著要抱抱
三賢跟尊尼玩
互相將泥頭擲

四賢要亨利做牛兒
騎在背上笑哈哈
淑賢愛摸弄他們的鼻樑
笑說高過紅泥山

哥跟他們說番話
咕嚕咕嚕來來回回
我聽哥說了多遍「華利骨」
說時豎起大拇指
我想這句是好話
我聽哥說了多遍「奧奇」
說時不停點頭
我想這句是好話
我聽哥說了多遍「芬橋」
說時開心得見牙
我想這句是好話

就是這樣
就是這樣
我家過了一個
「華利骨」「奧奇」「芬橋」的春夏

06

嫁女

淑賢要出嫁
嫁的是城內大戶人家

閨女不要怕
那是你往後的家
你雖只十八歲
去了你要懂事聽話
孝順夫家老人家
入門家規緊記掛
敬重丈夫早生娃
弄完璋時也弄瓦
一年兩次回娘家
出嫁隊伍在風塵中走遠
騾頸的鈴聲逐漸淡啞

閨女你不要怕
娘廿年前的運氣遙傳給你
祝你嫁個如意郎君
不用爹娘多牽掛

不用爹娘多牽掛

07

衛國英雄

和平歡聲響遍天
爆竹聲來震磚瓦
戰爭結束了
衛國英雄紛紛笑著回家

四賢回來
瞎了一隻眼
他炸破了一輛敵軍坦克
哥誇一個字
值

三賢回來
少了一隻臂
他殺了十個敵軍
哥誇一個字
值

二賢回來

斷了一條腿
他燒毀敵軍火藥庫
哥誇一個字
值

大賢回來
完好無缺
他殺了幾個敵軍軍官
哥誇三個字
值值值

太平就好
回家就好
娘要為你們成家
衛國英雄
哪家女兒不愛嫁
衛國英雄
家家女兒爭著嫁

08

夕陽無限好

哥你安心躺在床上
休息休息再休息
你已吐血半年了
訪遍名醫病未止

你今天面色稍有微紅
是夕陽餘暉的投射
過後便是黑夜來到
妹為你挑燈走夜路

看見你每日被病痛煎熬
不如你先走一步
我會處理好一切事務
然後葬在同一個墳墓
你走先也好
你走先也好

聯合國世界人權宣言

人權第十六條（一九四八年十二月十日通過）
婚姻與家庭

一、成年男女，不受種族、國籍或宗教任何限制，有權婚嫁和成立家庭。他們在婚姻方面，在結婚期間及在解除婚約時，應存平等的權利。

二、只有經男女雙方的自由和完全同意，才能締婚。

三、家庭是天然的基本的社會元素，並應受社會和國家的保護。

本章完

附錄

附錄（A）
關於聯合國

聯合國是一個由主權國家組成的政府間國際組織，致力於促進各國在國際法、國際安全、經濟發展、社會進步、世界人權、公民自由及民主等的國際合作。

聯合國成立於一九四五年十月廿四日，總部設於美國紐約，其他主要辦事處設在日內瓦、奈洛比和維也納。發展至今，聯合國一共有一百九十三個會員國。

聯合國採用六種工作語文，分別為阿拉伯文（以古蘭經為基準）、中文（普通話、簡體中文）、英文（牛津拼寫的英國英語）、法文、俄文、西班牙文。

附錄（B）
聯合國歷任秘書長

聯合國歷任秘書長由聯合國大會任命，已約定俗成是五年任期，可出任一至兩次，而且不會來自安理會五大常任理事國，現任的秘書長為古特雷斯。

任次	姓名	國籍
1	特呂格韋・賴伊	挪威
2	達格・哈馬舍爾德	瑞典
3	吳丹	緬甸
4	庫爾特・瓦爾德海姆	奧地利
5	哈維爾・佩雷斯・德奎利亞爾	秘魯
6	布特羅斯・布特羅斯・加利	埃及
7	科菲・安南	加納
8	潘基文	大韓民國
9	安東尼奧・古特雷斯	葡萄牙

附錄（C）
聯合國組織及專門機構（部分）

序號	簡稱	機構	總部位置	建立時間
1	FAD	糧食及農業組織	義大利羅馬	1945 年
2	IAEA	國際原子能機構	奧地利維也納	1957 年
3	ICAO	國際民航組織	加拿大蒙特婁	1947 年
4	IFAD	國際農業發展基金	義大利羅馬	1977 年
5	ILO	國際勞工組織	瑞士日內瓦	1946 年
6	IMO	國際海事組織	英國倫敦	1948 年
7	IMF	國際貨幣基金組織	美國華盛頓	1945 年
8	ITU	國際電訊聯盟	瑞士日內瓦	1947 年
9	UNESCO	聯合國科教文組織	法國巴黎	1946 年
10	UNIDO	聯合國工業發展組織	奧地利維也納	1967 年
11	UNWTO	聯合國旅遊組織	西班牙馬德里	1974 年
12	UPU	萬國郵政聯盟	瑞士伯爾尼	1947 年
13	WBG	世界銀行集團	美國華盛頓	1945 年
14	WFP	世界糧食計劃署	義大利羅馬	1963 年
15	WHO	世界衛生組織	瑞士日內瓦	1948 年
16	WIPO	世界智慧財產權組織	瑞士日內瓦	1974 年
17	WMO	世界氣象組織	瑞士日內瓦	1950 年

後語

四個短篇故事發生在地球上不同國度，內容感人肺腑、峰迴路轉、刻骨銘心及充滿正能量，但其初心離不開一個「愛」字。

這相等於聯合國成立的初心，鞏固世界和平及發揚互「愛」的精神，令地球上的人類及所有大自然生物都存在著「幸福感」。

不忘初心　方得永恆

我在世界中心說愛你

作　　者：水本純
責任編輯：胡人　樂諾
編輯校對：鍾景怡
封面設計：朱月如
內文排版：陳先英
法律顧問：陳煦堂 律師

出　　版：初文出版社有限公司
電郵：manuscriptpublish@gmail.com

印　　刷：陽光印刷製本廠

發　　行：香港聯合書刊物流有限公司
香港新界荃灣德士古道220-248號
荃灣工業中心16樓
電話：(852) 2150-2100　傳真：(852) 2407-3062

海外總經銷：貿騰發賣股份有限公司
電話：886-2-82275988　傳真：886-2-82275989
網址：www.namode.com

版　　次：2025年3月初版
國際書號：978-988-71097-1-6
定　　價：港幣88元 新臺幣320元

Published and printed in Hong Kong
香港印刷及出版